한병두데간

황금알 시인선 92
산시 백두대간

초판발행일 | 2014년 10월 31일

지은이 | 최명길
펴낸곳 | 도서출판 황금알
펴낸이 | 金永馥
주　간 | 김영탁
편집 실장 | 조경숙
디자인 편집 | 칼라박스
주　소 | 110-510 서울시 종로구 동숭동 201-14 청기와빌라2차 104호
물류센타(직송 · 반품) | 100-272 서울시 중구 필동2가 124-6 1F
전　화 | 02)2275-9171
팩　스 | 02)2275-9172
이메일 | tibet21@hanmail.net
홈페이지 | http://goldegg21.com
출판등록 | 2003년 03월 26일(제300-2003-230호)

값 20,000원

ISBN 978-89-97318-80-3-03810

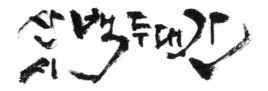

산 백두대간

최명길 시집

황금알

백두대간 샘물,
생명의 원천인 그분께
이 시집을 바친다.

시와 산

　백두대간에 다녀왔다. 산에서 먹고 산에서 낮과 밤을 보내기를 만 40일, 그 일은 모험이었고 충격이었다. 산이 있어 나는 산에 올랐고 산맛에 흠뻑 취했다가 돌아왔을 때에는 거의 탈골 지경이었다. 내 산생활 40일은 산과 시와 한 몸을 이룬 거친 산인의 삶이었다.

　나는 백두대간에 생명을 걸었었다. 산행을 마친 후 내 몸의 변화는 끔찍했다. 체중은 9㎏이 줄었었고 발목과 손목은 부어올라 달포 간을 꼼짝할 수 없었다. 훑고 지나간 상처 자국은 온몸을 채웠다. 뱃구리가 달라붙어 음식을 먹어도 나올 줄 몰랐다. 내 몸속의 군살은 모두 타버렸다. 모두 타 에너지로 바뀌어 오로지 걷는 데만 쓰였다. 나는 살가죽만 남은 쭉정이가 돼 있었다. 삿기까지 모두 타버렸는지 마음마저 텅 빈 듯했다. 나는 한없이 조촐해져 버렸고 아무 생각이 없었다. 바라는 것도 최소한으로 줄어들어 한 모금 샘물과 한 줌 쌀이면 족했다. 나를 지탱하자면 그 둘은 필수적이기 때문이었다. 감정 또한 매우 단순하게 변해 먹을 것 앞에서만 기쁨이 솟아났다. 어떤 차디찬 극점에서 나는 내 호흡의 끝을 보았으며 생명이 다름 아닌 숨결이라는 사실을 깨달았다.

　굶주려 뼈만 앙상한 한 마리 산양이 거친 암릉을 기어 올라가고 있었지만, 그게 바로 '나'였다. 회오리바람처럼 휘몰아치던 나, 그 '나'는 그렇게 돼 있었다. 무슨 광기에 휘둘려 그랬는지 모르겠다.

　백두대간은 우리 국토의 등뼈다. 백두산에서 한라산까지 산봉우리를 따라 하늘금을 그어본 것이 백두대간이다. 따라서 백두대간을 중심으로 마치 거대한 나무처럼 동서남북에 걸쳐 수많은 가지를 뻗어 지맥을 거느리고 뿌리를 내린 것이 우리 국토다. 말하자면 백두대간은 이 땅의 생명의 본체라 할 수 있다. 그 뿐만 아니라 우리 민족을 관통하는 혈맥이다. 이 땅의 삼라만상은 백두대간의 생동기운을 받아 여기 이 자리에 존재한다. 사람 또한 마찬가지다. 내가 백두대간 종주에 솔깃했던 것은 바로 이 때문이었다.

산행은 첫날부터 고행이었다. 감히 말하거니와 나는 백두대간 이라는 화두를 배낭 속에 집어넣어 걸머지고 백두대간을 향해 들어갔던 두타행자였다. 산을 구걸하는 걸신행각이었다 할까? 나는 산에 집중했고 다치지 않으려면 집중할 수밖에 없었다. 집 중만이 내 생명을 붙들 수 있는 유일한 길이었다. 이런 가멸찬 행로는 내 생애 일찍이 없었던 일이었다.

나는 오로지 걸었다. 이 산에서 저 산으로 옮겨가자면 걷는 방 법이 유일했다. 걷는 데만 온몸을 모았고 나를 바쳤다. 춤을 추 듯이. 그러다 보니 마음 또한 모아졌고 뜻밖에 이런 산노래들이 튀어나왔다. 어쩌면 이것들이 튀어나오기를 기다렸는지도 모를 일이었다. 산의 영혼과 내 영혼이 맞부딪치는 소리를 들으며 나 는 산봉우리에 쭈굴티고 앉아 시를 읊조리거나 시의 씨앗을 주 워담았다. 금방 된 것도, 지난 11년여 동안 다독여 깎아 세운 것 도 있다. 여기 시 141편은 그렇게 해 탄생한 것이다. 141은 지리 산 천왕봉에서 금강산 마산봉까지의 중요 산봉우리 숫자이기도 하다. 평소 산 하나를 산경 한 권이라 생각했었는데, 산경 한 권 씩을 받들고 넘어설 때마다 한 꼭지씩의 시가 버섯처럼 피어나 온 셈이다. 행각 중 나는 시를 얻었고 산은 시를 주었다. 산시 141편. 이들에 더해 '한라'와 '백두', 그리고 서시 두 편까지 모두 145편의 시와 '산경' 88(⋯).

이 땅의 산기운으로 태어나 이 땅의 산에 태를 묻은 자로서 그 것들은 이 땅의 산에 대한 경배요 작은 헌사라 해도 좋을 것이 다.

죽령에서는 왜 그렇게 눈물이 나왔는지 모를 일이었다. 흐르 고 흐르던 그 눈물의 의미는 무엇이었을까. 눈물 뒤에 들려오던 그 청아한 소리는 또,

시여. 내 더 무엇을 바라겠는가
이 땅의 산향이나 가득 담겨있기를!
산시 백두대간 그 산의 춤이여

2014년 청명날
설악에 앉아 최명길

차 례

제1부 해치 외뿔

제2부 나뭇가지가 허공에 앉다

제7부 산객이 다시 물었다

제8부 나는 시도둑

제9부 산이 거꾸로 선다

산노래

들어보라, 산줄기 어느 하나를 붙들고
온몸을 들이대어 보라
꽃망울 망울지듯 망울진 산봉우리
천지의 산이 모두 그리로 와 울리리라

가령 마을 아주 조그만 뒷동산이라 할지라도
올라가 사방에 눈을 주어 보라
능선은 능선끼리 헝클어지듯 풀어지며
허공을 끌고 와 춤을 출 것이다.

한 산에는 만 산의 뿌리가 있다.
그 뿌리는 다시 줄기를 뻗어 산을 낳고
강을 낳고 벌판과 언덕을 낳고 풀과 나무를 낳고
날짐승과 들짐승을 뛰놀게 한다.
너와 나의 둥지 또한 거기 놓인다.

한 산은 만 산이요 만 산은 한 산이다.
한 산의 줄기는 만 산에 뻗쳐있고
만 산의 뿌리는 한 산을 향해 굽이친다.
산아 네가 나요 내가 너다.

서시 2
입산

누항에 짐을 벗어놓고
백두대간에 들다.
거칠거칠한 발걸음
봉우리마다 장엄 피리소리
산지팡이로 땅을 구르며
허공을 잡아채면
번쩍 우주가 들어 올린다.
아홉 구멍 쿙한 이 육신
걷고 또 걸으리
물 없는 능선을 홀로

제1부

해치 외뿔

지리산 천왕봉

가물하여라 내 산두타행
천왕봉이 그 첫 봉우리구나

이렇게 보면 산봉우리
저렇게 보면 젖봉오리
다시 이렇게 보니 해치 외뿔이다.
다시 저렇게 보면 부람난취

어어라, 그런데 저건 또 뭐냐
가릉빈가인가 벼락 치듯 튀어나와
장천을 훨훨 날다 거꾸로 처박히며
봉우리 하나를 툭 채어가네.

수수꽃다리 꽃바다로
지리산 피바람밭으로

* 산경∥1 · 獬豸: 신묘한 동물. 머리 가운데 뿔이 하나 있다. 해치의 뿔이 천왕봉이다. 부정한 자나 속이 구부러진 자를 쓰러뜨려 잡아먹는다.

* 산경∥2 · 浮嵐煖翠: 완당 김정희 선생의 글씨. 람'嵐'자의 머리'山'이'風'위에 삐뚜름히 올라앉아 오른쪽으로 누워 괴하다. 바람과 산은 天經이다.

* 산경∥3 · 지리산(1,915m): 두류산 방장산 불복산 등 다른 이름이 있다. 하늘기둥 천왕봉을 상봉으로 반야봉 일출봉 삼도봉 토끼봉 더 멀리는 고리봉까지 경남 전남 전북 3도에 걸쳐있는 방대한 산계다. 영산 백두산의 산기운이 백두대간을 관통해 한반도로 뻗쳐 내려오다가 문득 멈추어 천계를 향해 불끈 솟구치니 바로 지리산이다. 북동쪽으로 남강, 남서쪽으로는 섬진강이 폭을 넓히며 흘러간다. 설악을 날렵한 준마라 한다면 지리산은 우직한 황소. 가도 가도 끝이 없다. 새벽 한 시에 중산리를 출발 다섯 시간 남짓 올라 천왕봉, 유월 중순을 막 지났지만 봉우리 날씨가 쌀쌀하다. 젊은 산벗 김영기 최종대 방순미와 함께 나는 이렇게 해 백두대간 첫발을 내어 디뎠다. 우리는 사과 배 포와 신주를 놓고 고천제를 올렸다. 삼배를 하고 신주 한 잔은 하늘, 한 잔은 땅, 다른 한 잔은 허공을 향해 뿌렸다. 내 지우 김명환 형은 이 산에 대해 남명 조식 선생의 시 '萬古天王峯 天鳴山不鳴'을 따와 '天鳴猶不鳴 萬古山峯嶺'이라 휘호한 방자부채 하나를 주었다. 하늘이 흐느껴 우나 산은 울지 않는다. 하늘이 우는데 어찌 산이 흐느끼지 않으랴. 사방을 굽어 큰 숨 한 번 몰아쉬자 달궁에서 파르티안까지 숱한 역사의 부침 소리가 산의 심장박동 소리로 들려오고 삿갓을 엎어놓은 듯한 수많은 산봉우리가 푸른 모가지를 빼내어 흔든다. 쩡, 새벽 산 울림이 쳤다. 하지만 대간산경 첫 장은 실은 飛白이었다.

제석봉 고사목 촉루

죽어서 오히려 낭낭하다.
고사목아 죽은 채 빳빳이 서서 있는 나무야
비바람과 시간이 뜯어먹다 먹히다 더
뜯어먹을 것 없어 팽개쳤는가

마지막 속 뼈다귀만 남아
창날처럼 하늘을 치찌르고 있다.
촉루처럼 비어 세상을 내리치고 있다.

새파랗게 새파랗게 서서
제석봉 제석천을 치찌르고 있다.
드맑은 저 기운
생글거리는 저 아가야

나 마음집 너무 누추하고 보잘것없어
산에 들었다. 너무 흔들려

연하봉 반야 한 송이

보라 저 연하봉 나래회나무

어디서 아기 울음소리가 들려온다.
이 산 안갯속에서인가
나래회나무 숲에서인가
바위 구멍에선가

나 오늘 어질 거리는 안개를 껴안고
엎드려 반야봉에 눈빛을 놓는다.

진주 남강 잉어 한 마리가
물방울을 물고 뛰어오른다.
물방울에 비쳐든 산
물방울이 물고 있는 산

한때는 누구나 엄마 젖꼭지에 매어달린
눈도 못 뜬 갓난아기였던 것을

누구냐 이 물건은
혹독한 생을 살고 난 너,
울화의 종자는

일출봉 구상나무

팥고물을 주물럭거리다가 휙 집어던졌는지
제멋대로 생겨 먹은 바위 봉우리
바위 떼,

그중 제일 못난 놈 하나를 골라
어루만지려 하나 가지고 놀려 하나
옆에 서 있던 구상나무가 꽥 소리친다.
늙어 껍질이 가물치 비늘 같은 것이
바뀌어 힘도 못 쓸 것이

'나는 네가 나인지 내가 너인지 도무지 모를
너인 나에게 옷 한 벌 겨우 해 입혔다.'

너무 그러지 말라 산벗이여
침묵하는 자의 가슴은 불덩이보다 뜨겁다.

촛대봉 묘월장자

지리산 한 녘에 쭈굴티고 앉아
깊으나 깊은 침묵에 든 촛대봉
묘월장자인가
묘월장자처럼 꺼질 줄 모르는 빛이 흘러나온다.
바위 불빛 가늘게
끝임없이 쏟아져 나와
온 지리산을 비춘다.

우직하기 황소 같은 지리산
'나는 평생 저 붉은 소
뱃속을 헤매다녔구나!'

산을 잃고 나는 산색에 감긴다.

영신봉 천상의 새

새소리 청아하다.
고산새가 천상의 가장 낮은 자리
영신봉 영신나무 가지 끝에 앉았다.

붉은병꽃은 졌다.
서향 구름 아래

능선 하나가 칼처럼 일어선다.
하늘이 칼을 받아 머금고 엎드린다.
은산 적요가 몸부림친다.

무인지경의 저 한가

＊ 산경∥4 · 영신봉(1,652m): 낙남정맥의 기둥 봉우리. 낙남정맥은 이 봉우리를 기점으로 하여 동남쪽으로 기세 좋게 뻗어 내리다가 불일폭포를 거느린 삼신산을 탑처럼 세워놓는다. 맥은 다시 묵계 치를 지나 옥산 무선산 진해 장복산 김해 무척산과 가야국 김수로 왕릉을 앞에 둔 분성산까지 맥뿌리를 흔들어댄다. 한려수도는 바로 낙남정맥이 요동치며 빚어놓은 절경이다. 왼쪽으로 진주 남강이 유유히 흐르고 강을 건너서면 낙동정맥이다. 고찰 쌍계사를 삼신산이 안고 있다. 영신봉 오른쪽으로는 오층폭포와 바람폭포가 걸린 백무동계곡이 남원길로 접어들게 한다. 이 영신봉과 촛대봉 사이에 밤이면 세상의 모든 별들이 모여들어 아름다움의 극치를 이루는 세석평원이 누워있다. 성리학의 영남학파 종조 김종직은 신묘년(1471년) 한가윗날 망혜에 지팡이를 짚고 꼬박 5일 동안 산 구경을 한 기록을 『遊頭流錄』에 남기고 있다. 김종직 일행은 천왕 봉에 올랐다가 바로 이 세석평원(당시 저여원)을 지나 영신사에서 밤을 보낸 후 재를 넘어 실택리로 내려왔는데, 마치 '氣母를 타고 혼돈의 시원을 노닐 듯'했다고 썼다. 1990년 8월 10일 시인 이성 선과 이 평원 한구석에 삼각 텐트를 치고 촛불을 밝히며 밤을 지 새운 후 촛대봉에 올라 천왕봉 일출을 맞던 일은 생각하면 쓸쓸 하다. 그때 지리산 첫 종주길은 3박 4일이나 걸렸다. 지리산 온갖 풍파를 안고 별밭에 말없이 누워 잠든 세석평원, 그 억년 세월이 솔방울귀에 묻어있다.

칠선봉 일곱 선녀

봉우리가 일곱이다. 일곱 선녀들이다.
하지만 내 눈에는 셋밖에 안 보였다.

비단 풀너울을 덩그렇게 틀어 올린
바위머릿태 구름치마

어깨 아래는 깜깜한 절벽
나는 그 첫째 선녀 아가씨 젖가슴께에 와 있다.
둘이 이쪽으로 눈짓하고 있으나
톨아져서 눈짓하고 있으나

끝내 넷은 못 보았다. 보고도 못 보았다.
헛꽃 어려 볼 수 없었다. 못 보았다.

산 안에서 산을 보고도 산을 보지 못했다.

날마다 나를 안고서도 나는 없고
나를 볼 수 없었다.

덕평봉 물향기

다산의 여인 궁둥이 같아라 덕평봉
참다래빛 이 향기는 어디를 돌아오는 걸까?
나는 코를 킁킁거렸다.

땅이 있고
나무가 있고
풀이 있고
돌들 있다.

그리고 그 한구석에
백두대간 선비샘물이 줄줄줄 졸졸졸
그칠 줄 모르고 흘러나온다.

샘은 벽소령을 다 적시고도 남을 만하다.

꼬들꼬들한 남근을 숨긴 우악한 사내가 사나
은자가 산그늘에 몸을 담그고 혼자 사나

한량없이 부드러우나
더할 수 없이 강한 사내

* 산경∥5 · 덕평봉(1,522m): 종주 첫날 멀리 걸었다. 짐이 무거웠고 땀을 많이 흘렸다. 계단을 보면 겁이 났다. 새로 맞아들인 산지팡이가 아직 손에 서툴렀다. 배낭도 새것, 등산화도 새것. 새것은 새것이어서 괴롭다. 며칠이 걸릴지 모를 이 백두대간. 참으로 우연히 접어든 길이었다. 생은 우연에서 더 향기를 뿜는 건 아닐까? 내 시에 '우연'이란 놈이 깃들기 시작했다. '우연'은 천운 무위의 길이다. 페트병 둘에 연신 샘물을 채웠다 비웠다 한다. 오늘은 이 지리산을 베개 삼고 일박한다. 지리산 벽소령 백두대간 첫날밤이다.

[001:2002.6.17] 중산리 천왕봉 제석봉 연하봉 삼신봉 촛대봉 세석평전 영신봉 칠선봉 덕평봉 벽소령

26

형제봉 바위 형제들의 하는 말

집채만 한 바위 하나
그 옆에 조금 작은 바위
머리 조아리고 앉아 무슨 말을 하나
귀대고 엿들어도 온몸을 들이대고 들어도
하나도 알아듣지 못하겠다.

하루에 한 마디씩 말을 하는가
천 년에 한 마디씩 말을 하는가
해와 달을 향해 멀뚱히 서서
그쪽이 듣게만 말을 하는가
무한 허공과 말을 하는가
혼자 남은 새벽 별이 말을 걸어와
그와 귀엣말을 주고받는가

두 개의 바위 봉우리
바위 둘의 말 둘의 터럭 밀지
그 무상 비밀 언어

토끼봉 팔랑나비 떼

층층층 층계 많다. 끝이 없다.
나무 계단 5백 개가 넘다.

염열 들끓는 하계에서
천상을 향하는 몸짓

땀방울 떨어진 자국마다
지리산 소쩍새가 피를 뿌리며 울었다.
봉우리에 닿자
웬 나비들이 팔랑거리며 날아든다.

내가 맛난 먹이거리냐

땀범벅 몸뚱어리에게로 달려들어
대롱을 집어넣고 빨아댄다.

팔랑팔랑 지리산 팔랑나비 떼

삼도봉 팔만 사천 녹음파도

봉우리에 박아놓은 청동심
살살 어루만지자 삼도가 화들짝 놀라
녹음 일색으로 바뀐다.

녹음파도다, 풍랑 이는 산바다에 물너울이 친다.

경계가 없다.
팔만 사천 녹음산

천지가 녹음 잎사귀로 물결친다.
나 그 잎사귀배 하나 잡아타고
잠깐 해인에 들다.

* 산경∥6 · 三道峰(1,550m): 전북 전남 경남 3도의 뿌리가 되는 봉우리. 날라리봉이라고도 한다. 오른쪽으로는 반야봉과 명선봉 자락이 만들어 놓은 뱀사골이 있다. 왼쪽으로는 연주담을 품은 구례 피아골로 접어든다.『대방광불화엄경』의 '화엄' 종찰 화엄사는 백제 성왕22년(544년) 緣起祖師가 창건한 천 년 고찰이다. 각황전과 사사자3층석탑과 각황전 앞 석등은 일품이다. 특히 '영산회괘불탱' 앞에 서면 닫집 아래 나한들의 지극히 겸손한 눈빛과 마주쳐 온몸에 전율이 인다. 위쪽 금정암에는 근세 선승 경봉선사를 한철 시봉했던 선지식 覺心 노승이 머문다. 지리산 찻잎향 속에서 노구를 놀려 야생차를 따 찻물을 우려내기도 한다. 나는 2007년 5월 18일부터 3일간을 스님 곁에 머문 적 있다. 모르겠다. 찻잎배나 잡아타고 반야꽃잎 속으로 들어가 나도 누군가를 시봉이나 하리.

노고단 돌탑

노고단 고갯길에서 머뭇거리다가
잠긴 무쇠 자물통을 부수고 산오름
머뭇대는 자들은 내 앞에 설 수 없을 것
산을 잠가 꿰는 자가 다 있다니
부수고 부수어 마침내 너와 내가 일각수가 됐을 때
봉우리에 닿을 수 있으리라
잠시 하늘벽과 독대하고 앉는다.
돌탑이 얼른 나와 눈짓을 한다.
내 걸어온 산계가 저물기 시작하고
내 걸어갈 산계가 비릿하게 떠오른다.
산이 산을 만들어 산으로 이루어진 산
임걸령 돼지령 노고단을 거쳐
지리산은 말없이 나를 내려놓고
나는 다시 코재로 향한다.
돌탑 그림자가 남강 강물로 뛰어들었다가
동녘 어스름 속으로 사라진다.

종석대 저녁 돌종

소리는 부드러웠으나 서천을 때렸다.
서천은 흐느낄 뿐 말이 없다.
만 산 온 법계가 뒤엉켜 하나로
물결치듯 물결치듯 흔들리며 흐르고 있다.
나는 자물 거리는 산봉우리 하나를 업었다가
얼른 화엄 바다 깊은 뻘밭에다 내다 버린다.
성삼재는 더디 가도 된다.
어깨 짐 무거우나 산능선 가팔라
풀어놓을 자리 없지만 비틀비틀 못난이
발걸음아 가는 데까지 가거라
길은 아무 곳에나 있고 아무 곳에나 없다.
꼬리진달래가 내 눈동자에 들어와
아장아장 걸음마를 한다.

* 산경 ‖ 7 · 종석대(1,366m): 노고단과 성삼재 사이에 있다. 노고단
은 신라 시조 박혁거세의 어머니 仙桃聖母(높여 老姑라 함.)를 수
호신으로 모시고 매년 봄 가을 제사를 올렸던 곳이다. 상봉 천왕
봉에서 흘러내린 주능선이 크고 작은 봉우리들을 섬처럼 밀어 올
려놓고는 이곳 종석대에서 잠시 머뭇거리다가 일단 성삼재에서
그 끝을 접는다. 따라서 고리봉 쪽을 제외하면 종석대는 지리산

맨 북쪽 봉우리다. 오늘은 형제봉을 첫 봉우리로 해 종일 걸어 이곳에 이르렀다. 놀이 붉다. 어제오늘 오른 봉우리가 열여섯, 지리산은 봉우리의 연속이었다. 봉우리가 높고 골짜기가 깊고 많다. 칠선계곡 백무동계곡 뱀사골 피아골 화엄계곡 심원 달궁계곡 등은 지리산의 중요 계곡으로 종석대를 중심에 놓고 보면 왼쪽에 화엄계곡, 오른쪽으로는 달궁계곡이다. 노을이 하늘 전체로 퍼졌다. 어디선가 범종이 울고 나는 바위 한켠을 골라 잠시 가부좌를 틀어 본다. 겁 없이 산에 들어 지리산 노고할멈에게 혼이라도 **빼앗긴** 걸까? 아무것도 들리지 않고 아무것도 보이지 않는다. 뱀사골 수원지인 화개재 샘물과 점심을 달게 먹던 임걸령 샘물은 차고 맑아 내 육신을 맑혀 주었다. 그리고 보니 구례에는 '당몰샘'이 있다. 千年古里 甘露靈泉. 신라 道詵이 지리를 깨쳤다는 마을 沙圖里의 그 샘도 이 지리산에 뿌리를 대고 있다. 오늘은 성삼재에 몸을 뉜다.

[002:2002.6.18] 벽소령 형제봉 삼각고지 명선봉 총각샘 토끼봉 화개재 삼도봉 임걸령 돼지령 노고단 코재 종석대 성삼재

제 2 부

나뭇가지가 허공에 앉다

작은 고리봉 이슬동자

고리봉 오르는 산길은 풀숲길

수많은 이슬동자들이
벌거벗고 풀잎 난간에 걸터앉았다가
놀라 획,
허공 무한계로 건너뛴다.

'저런 어쩌나? 다치기라도 하면'

나는 송구스러워 몸을 멈춘다.

만복대 내 두 발

올라도 올라도 나타나지 않는 만복대
힘 다 빠져나간 후 마주치는 순간
만 가지 복락 아니라 나는 발을 생각했다.
내 두 발
발끝에서 노니는 마음
발의 팔팔함
이 두 발 아니었던들
천근만근 내 짐짝 몸뚱어리를
단 한 봉우리엔들 부려놓을 수 있었으랴
단 한 발자국인들 옮겨놓을 수 있었으랴
몸의 맨 아래쪽 절해고도
딱딱한 등산화 감옥에 들어앉아
조이고 눌리고
그것도 모자라 돌부리에 걸어 채이기도 했었다.
하지만 내 발
내 두 발은 아직 팔팔한 초심 그대로다.
그대로여서 참 고맙다, 발아

* 산경∥8 · 만복대(1,434m): 남녘으로는 작은 고리봉과 묘봉치, 북
녘으로는 정령치와 큰고리봉이 늘어서서 마치 청자매호병 어깨선
처럼 날렵하다. 종주 사흘째. 일찍 깨어 선식으로 간단히 요기를
한 후 새벽 산길에 들어섰다. 하지만 이내 길이 묻혔다. 야생초들
이 무성히 자라나 흔적만 남은 오솔길이 풀에 묻힌 것이다. 오른
쪽으로는 반야봉이 태극선처럼 둥그레 솟구쳐 있다. 지리산 연봉
들은 겹겹이 능선을 포개고 앉아 내 발걸음을 따라 가까워졌다가
멀어졌다 하며 알맞게 먼 산 특유의 미적 감흥을 불러일으키게
했다. 나는 지금 지리산을 오른쪽 옆구리에 끼고 가는 것, 산내면
달궁이 바로 발아래다.

큰고리봉 벌들의 군무

정령치를 지나 헉헉대다 보니 큰고리봉
난데없이 벌들이 운집해 있다.
고원 밀월여행을 즐기시는가

해는 중천에 떠 가늘 하고
그 햇살을 받은 벌무리들이 은화살촉처럼 반짝인다.
나 배낭 놓고 잠시 그들과 함께 휩쓸리다.
무수한 벌들 은화살 은촉들의 군무

취해 잠깐 향방을 잃고 몽롱해진 사이
등산시계 지남침이 얼른 나를 바로 잡아준다.
정북으로 가라

정북으로 가라 정북으로 가라
무답 도원청정봉이 바로 저 건너다.

수정봉 가야금 소리

난데없이 가야금 소리를 들었다.

가재마을 퐁퐁 거리는 샘물 맛 같은 것을

가인 안숙선이 무현금을 치는 걸까

수정봉에 돗자리 펴고 앉아

산객 오기를 기다렸다 그렇게 하는 걸까

소리의 도에 이른 그이,

살랑살랑 저녁 산바람 일고

남원은 이미 불야성

무현금 소리에 얹혀 철쭉꽃 떨어진다.

가끔씩 산별 깨치는 수정능선을

나뭇가지가 들었다 놓았다 한다.

*산경∥9·안숙선: 명창. 한 저녁 나를 위해 사랑가를 불러주었다. 가야금 병창이었다. 내가 안숙선 명창의 소리를 처음 듣고 기쁨이 솟아 '가인 안숙선'이란 시를 발표했고, 안명창은 그걸 보고 초대해 주었었다. 1995년 8월 25일 저녁 인사동. 이 시대 최고의 소리꾼 안숙선의 고향이 바로 남원이다. 남원 운봉 마을은 판소리 동편제 의 발생지, 서편제는 보성 강진 해남의 소리이고 동편제는 구례 남 원의 소리다. 동편제는 송흥록 송만갑 유성준 임방울 박초월 김소 희 강도근이 이어 꽃피웠고 안숙선이 망울을 터뜨렸다. 지금 그 안 숙선이 백두대간 봉우리에 앉아 수궁가를 부르고 무현금을 뜯는구 나. 나무 고수들이 북을 친다. 하늘이 몸을 기울여 듣고 풀들이 귀 를 모은다.

* 산경∥10·수정봉(805m): 정상에 소나무가 들어차 있어 소나무 향이 진동한다. 소나무 잎 사이에 떠 있는 별들과 나뭇가지 사이

로 들여다보는 남원 시가지 불빛이 산납자의 마음을 가만히 흔들었다. 돌아보았다. 어둠살이 끼어 더 크게 드러난 큰 고리봉이 한참 멀리 떨어져 있다. 그 사이로 고촌, 주촌, 가재 마을 집들이 이쪽을 향해 반짝거렸다. 전등불이 들어온 것이다. 세 마을은 백두대간 마루금에 놓여 있다. 마을을 끼고 730번 지방도로가 나 있다. 능선의 높낮이가 표시 안 될 정도의 얕은 지대로 백두대간 등마루가 갑자기 거대한 미르로 변해 땅속에서 꿈틀거리는 듯하다. 길 왼쪽 시내는 섬진강, 오른쪽 시내는 진주 남강으로 흘러든다. 이곳은 너무 밋밋해 대간 종주 산꾼들이 길을 헛들기 일쑤다. 우리 일행들도 고촌 마을을 빠져나와 덕치리 쪽에서 헤매다가 주촌 마을에서 지도를 펼쳐놓고 방향계를 대보고서야 나지막이 집들이 소복한 양지 마을이 가재 마을임을 알아차렸다. 가재 마을에 들어서자 밭둑에서 먹이를 찾던 새들이 놀라 푸드덕거렸다. 초라한 행색에 새들도 놀란 모양이었다. 겨우 산행 사흘째인데 몰골이 말이 아니다. 등짐에 짓눌려 산행은 첫날부터 고초의 연속이었다. 우리는 땀을 많이 흘렸고 힘을 많이 쏟아 부었다. 지리산계는 참으로 험준했다. 가재 마을 우물가에서 이른 저녁밥을 지어먹고 구경 나온 아낙에게 쌀 좀 팔라 하고 떼를 썼더니 측은한지 쌀 서 되를 들고 나왔다. 우리는 그걸 사 나누어 다시 짐을 꾸렸다. 곧 해가 떨어져 야간산행으로 남원 함양을 잇는 24번국도 고갯길 여원재까지 내달렸다. 여원재(489m)는 호남과 영남을 잇는 전략요충지라 갑오 동학란 때 창검기치가 요란했다지만, 지금은 마루 골짜기에 살림집들이 소복소복 놓여 있다. 마침 민가(주인 정재근) 불빛이 새어나와 문을 두드려 방 하나를 빌었으나, 종주 사흘째 밤은 짧기만 했다. 산을 걷는 것은 우주를 걷는 것.

[003:2002.6.19] 성삼재 작은 고리봉 묘봉치 만복대 정령치 큰 고리봉 가재 마을 수정봉 입망치 여원재.

불탄 산 고사리 가족

산이 불에 탔다. 불 불 불
어미 나무들이 그을려 새까맣다.
나무 새끼들도 새까맣다.

그 산 불탄 산에
고사리 가족들이 진을 쳤다.
제 세상 만나 아기 낳아 기르며
통통 살 올라 있다.

죽어 검버섯 드물한 나뭇가지 사이
넓어진 허공으로 비쳐드는 햇살을
배불리 받아먹어서일까

청록 이파리를 너울대며 한껏 기를 폈다.

누구는 죽었으나 누구는 살았고
뭔가는 사라졌으나
뭔가는 꿈틀거린다.

고남산 퉁가리 열매

푸드득 장끼 날아간 자리에
퉁가리 풋열매

따서 한입 가득 넣고
텁텁한 입으로 올라선 산봉우리
구름 몇 덩이 먼저 와 얹혀있다.

떨어질라 저것들

나는 모자를 벗어 받쳐 든다.

복성이재 유리구름집

유리구름집에서 하룻밤
한밤에 누가 두들겨 잠을 깨니
하늘에서 별이 쏟아진다.

장난치다 잘못해 저 별들
지구 천장으로 구을러 떨어진 걸까?
오묘한 금강보석 동자들

저것은 큰곰성좌
저것은 궁수성좌
저것은 오리온 성무
저것은 진금도珍禽圖
저것은 중천계 퀘이사

꾹꾹새가 꾹꾹거리며 툭툭
날갯짓해 쳐보는 집
희한한 모양이다, 이 구름집

* 산경 ‖ 11 · 복성이재(602m): 새들이 참 많다. 이 재에 이르러 유리구름집을 쳤다. 유리구름집은 비닐막이다. 누워 별을 볼 수 있게 특별히 고안해 만들었다. 이 유리구름집에서 밤을 보내고 새벽 눈을 뜨자 누가 안쪽을 들여다보았다. 산벗 김영기 형이었다. 비닐막이라 혹시 어찌 되었을까 봐 걱정을 했지만 살아있다고 좋아했다. 집이 그렇게까지 보였는가? 하기야 산짐승이라도 들이닥치면 해볼 도리가 없을 것이었다. 창은 하나, 산지팡이 둘을 세워 통비닐 네 귀에 줄을 달아 나뭇가지에 걸어놓았으니 허술하기 짝이 없었다. 그러나 모든 허술함 속에는 자연스러움이 깃들어 있지 않던가. 완벽할수록 부자연하다. 고남산을 내려와 매요리에서 요기를 했다. 너무 오래 쉬어 발걸음이 느렸다. 하루 걸은 거리 또한 짧았다. 이 낯선 곳으로 너는 무엇 때문에 왔는가. 시 때문인가. 삶 때문인가. 노파에게 길을 묻는다. 노파는 손을 들어 붉은 언덕배기를 가리킨다. 고추밭 두렁에 얹힌 동전 셋.

[004:2002.6.20] 여원재 고남산 통안재 유치재 매요리 사치재 아막성터 복성이재

봉화산 풀밭산

봉화산은 풀만 사는 민둥산

천하의 풀들이 이 산에 다 모여 있다.
키 큰 풀
키 작은 풀
길쭉길쭉 풀
동글동글 풀
톱날 풀

억새 기린초 자리공 댕댕이덩굴 고비고사리
구름패랭이 궁궁이 깽깽이풀
먼저 나와 열매 맺고 시든 풀
지금 막 땅을 비집고 싹을 틔우는 풀

발자국 옮길 때마다 향그런 풀향기
한낮 벌레 소리도 청아해
풀밭은 음악 궁전이다.
나 풀잎 하나 벌레 하나만 한가
치재 꼬부랑재 다리재 지나

나무 없는 민둥산을
등짝 찢긴

딱정벌레 하나가 기어오른다.

* 산경 ‖ 12 · 봉화산(920m): 潛龍이다. 뼈를 숨기고 육질은 부드럽고 붉다. 이 황토산에는 내 키보다 더 큰 미역줄나무덩굴이 뒤엉켜 있다. 치고 빠지자면 비지땀을 흘려야 한다. 정상에는 나무가 없고 풀 천국, 사방팔방이 탁 트였다. 네댓 시간을 휘달려 내려가면 중재, 오른쪽으로 농로인 듯한 도로가 나 있으나 험로다. 그 길을 따라가면 백운산장(주인 황영대)이 나온다. 오늘은 이 산장에서 일박하기로 한다. 육신을 내려놓자 아내와 아이들 얼굴이 떠올랐다. 마을버스가 다녀 마음만 먹으면 곧장 집으로 달려갈 수도 있다. 하지만 아니다. 걷기로 했고 걸어야 한다. 나는 산두타행자다. 시간은 요란스러운 산개구리소리에 묻혀 거침없이 지나갔다. 배낭 무게를 줄이기 위해 코펠 배낭커버 버너바람막이 계곡 슬리퍼 양말 옷가지 등은 달리 짐을 꾸려 보내 버렸다. 짐을 줄일수록 몸은 가볍다. 산개구리들은 밤이 깊을수록 더욱 요란을 떨어 산마을을 더욱 큰 적막에 들게 했다.

[005:2002.6.21] 복성이재 치재 꼬부랑재 다리재 봉화산 광대치 중재.

백운산 백운봉

삐죽삐죽 튀어나온 저 나뭇가지
내 배낭 낚아채며
이 산엔 왜 들었나 물었다.

'중재에서 송아지만 한 노루 만나
동그란 눈동자와 마주쳤었지'

아무 말 않고 오르고 또 올라
정상에 다달아 문득 보았다.
배낭 주루먹에 꽉 들어찬 흰구름

흰구름 두루마리

이걸 담으려고 산에 올랐던가
폴짝, 나뭇가지가 허공에 앉다.

---

* 산경 ‖ 13 · 백운산(1,279m): 올라서면 일망무제다. 북쪽으로 덕유산, 남쪽으로 지리산이 한눈에 들어오고 동쪽으로는 금원산, 서쪽으로는 팔공산이 고개를 쳐든다. 주변 산세가 기운차고 아름답다. 지리산과 덕유산 사이에 불쑥 솟구쳐 올라 천왕봉을 금방 알 수 있다. 가파른 오름길에 겹겹으로 엉겨든 산죽이 숨을 턱에 차게 한다. 산죽이 키를 넘긴다. 산죽 비좁은 오솔길이 백운산 오르는 길이다. 봉황은 산죽 열매와 오동나무 열매를 먹고 산다 했지. 열매 달린 산죽도 있다. 산죽열매가 봉황이 날아들기를 고대하고 있나.

영취산 법꽃술

봉우리가 모두 산죽,
산죽 영취산
산죽 서역

쏘르르르 쏘르르르 산죽은 장도이파리를 밟고 올라오는
새파란 산죽바람 소리
쏘르르쏘르르 하기도 해탈해탈 하기도 더러
산죽법꽃술을 입매에 오물띠고 있다.

저 녹음 단애를
일 획 치며 획 날아가는 새여
가만 너는
봉황인가 뱁새인가

* 산경∥14 · 영취산(1,076m): 금남호남정맥의 맥 뿌리. 금남호남정
맥은 이곳 영취산에서 불끈 기운을 돋워 성수산 마이산을 밀어 올
려놓고 기세 좋게 진안 주화산까지 내달린다. 주화산에서 다시 호
남정맥과 금남정맥으로 갈리어 금남정맥은 대둔산 공주 계룡산이
그 맥을 옹휘하고 금강물줄기를 키워가며 논산벌을 만들어놓고
부여 부소산을 밀어 올렸다가 낙화암과 조룡대로 급히 떨어진다.
이 금남정맥의 한 돌올한 봉우리인 천안 목천 흑성산 기슭에는 독

립기념관이 자리 잡았고, 흑성산 줄기가 봉긋대며 피운 은석산 백운산 세성산이 병풍처럼 둘러친 봉황루 혈지에 만해시학 연구의 거봉 김재홍 선생이 한평생 피와 땀과 정성으로 일구어 놓은 '한국시마을문학관'이 놓여 있다. 2014년 4월 17일 뜻밖에도 나는 여기서 '만해·님 시인상'을 받았다. 호남정맥은 정읍 내장산을 품에 품고 남으로 휘달려 광주 무등산과 영암 월출산을 꽃망울처럼 부풀려놓는다. 산세는 더 거칠게 순천만을 휘돌아서 조계산 와룡산 백운산을 지어 놓고 문득 그 세력을 거두니 그 자락에 아름다운 쪽빛 바다 기암절경 남해 다도해가 있다. 그 사이 크고 작은 산은 다시 수많은 지맥으로 흩어져 오른쪽으로 영산강과 기름진 호남평야를 낳아 기르고 왼쪽으로 섬진강을 부풀리며 하동까지 내리달린다. 영취산 북쪽 대곡리 주촌 마을은 왜장 게다니무라 로쿠스케를 끌어안고 진주 남강에 빠져 죽은 '충절의 여인' 주논개가 태어난 곳이다. 육십령을 향해 가다가 전망 트인 쌍바위에 앉아보면 논개 생가 마을과 오동저수지가 한눈에 들어온다. 영취산 오르는 길도 산죽밭이다. 산죽산 산죽능선이다.

깃대봉 깃발은 찢기어 하늘귀를 때리고

머리칼 한 올이 천근일 때가 있다.
그게 지금의 나다.
닷새째 런닝 하나를 버렸다.
엿새째 양말 잠옷 배낭커버
은박깔개를 버렸다.
허리띠 버너바람막이
건전지 산악라이터를 버렸다.
사인펜 셋 팬티 한 장도 버렸다.
막대 끝에 매달린 깃발은 찢기어 하늘귀를 때리고
이 봉우리에 앉아 나,
버릴 것 또 없나 생각한다.
먹을 것을 최소로 하라
정말이지 또 버려야 할 것들
팔뚝 하나를 산에 바친다면
팔뚝 무게 고만큼은 가벼워지리

* 산경∥15 · 깃대봉(1,014m): 깃대처럼 불쑥 솟아오른 바위 봉우리
  에 서면 사방이 청산이다. 서편 높은 봉우리가 백화산, 덕운봉과
  백운봉은 남녘에 있다. 북녘으로 건너다보면 할미봉과 우람한 남

덕유산 능선이 가로놓여있다. 한 시간 반 남짓 급경사길을 내려서면 육십령이다. 육십령은 경남 함양과 전북 장수를 넘나드는 비교적 넓은 26번국도 고갯길이다. 산적 출몰이 많아 길손 60명이 모인 다음 무장을 하고 넘어야 했기에 붙여진 이름이란다. 당시 산적을 피해 이룬 '避賊來'란 마을이 지금도 있다. 여기서부터 대덕유산이 펼쳐진다. 이 밤을 가랑비가 밟으며 간다. 산속에서 산을 본다. 무세월에 내가 휩쓸린다.

[006:2002.6.22] 중재 중고개재 백운산 암봉 영취산 민령 깃대봉 육십령

제 3 부

물방울 성자

덕유산 할미봉의 성깔머리

거 할미 성깔머리 한번 매섭다.
흘끗 보기만 해도 소름이 돋친다.

생각하는 순간 아래로 급히 숙인 암구
나는 그만 산할미 손아귀에 끄들려잡혀
지팡이 꺾이고 무릎 깨어졌다.

하지만 가야 할 길은 가야 하는 것
뼈로 뻗딛으며 계속 간다.

백련사가 할미 품에 안겨 있다지만
비구름 천둥바람 몰고 나는 간다.

장수덕유산 운해 장엄

오르내리기를 몇 차례였는지
꿈을 꾼 듯 장수덕유산에 닿았다.
비 그치고 운해 장엄하다.
한 산객이 취모검을 번쩍 치켜들자
천지 사방은 구름 해일 구름 파랑

'그런데 저건 또 뭐냐. 눈알을 부라리고 이쪽으로 노려
보는 자. 이 황금털사자새끼야. 그래 네 먹잇감은 나다.
나야. 어서 덮쳐라. 하지만 평생 비쩍 말라 비틀린 언어의
뼈다귀나 핥고 다녔으니(…)'

사자새끼 대신 구름이 골짜기를 삼키고
능선을 삼키고 산을 삼키고
무량 세간을 건너뛰어
물방울묘음유리정토를 만들어 놓았다.

그 한가운데로 더풀 들어선 나
이 '나'라는 어정쯩 묘한 물건!

남덕유산 식은 밥 한 덩이

불쑥 고개를 올려 미니
구름 위 산봉우리

아차, 길을 잘못 들었다.
왼쪽으로 꺾어들어 월성치로 가야 하는 것을!
하지만 별천지가 바로 이 산정
바사바타야천이 머물고 있는 낙토인가
대천에 해가 방긋

나는 식은 밥 덩이를 풀어
맛있게 먹었다.

---

* 산경 ‖ 16 · 남덕유산(1,507m): 거창군 장수군 함양군에 걸쳐
있다. 하봉 중봉 상봉으로 갈라져 날카롭게 치솟았고 동봉이 상
봉, 서봉은 장수덕유산이다. 할미봉을 지나 장수덕유산에 이르고
능선 오른쪽으로 오르면 남덕유산이다. 할미봉은 가팔라 성깔머
리가 대단한 산세나 전망이 뛰어나 백운산, 멀리는 지리산까지 한
눈에 들어온다. 남덕유산을 옛날에는 황봉이라 했다. 이곳 남쪽

기슭의 참샘은 진주 남강의 발원지이고 북쪽 삿갓골샘은 황강의 첫 물길이라 하나 가지 못하고 발길을 돌렸다. 남덕유산은 백두대간 마루금 상의 산은 아니다. 길을 헛들어 올랐다. 올라보니 돌탑이 있고, 구름천지라 방향이 묘연했지만 유독 정상에는 맑아 뭔가 한량없는 희열이 솟구쳤다. 婆娑婆陀夜天이 나타난 게 아닐까 하는 생각이 들기도 했다. 바사바타야천은 해와 달을 씻어 맑게 하는 천신이다. 점심을 먹고 구름 속으로 다시 내려서자 내 몸이 둥실 구름파도에 실려 간다.

삿갓봉 폭풍

오 폭풍이여 장쾌하도다.
그리고 내 야성이여
꿈틀거리며 시뻘겋게 달아올라라
봉우리가 아가리를 벌리고 몽상가처럼 멍해 있다.
모든 나무들이 무릎을 꺾고 비탈에 드러눕고
모든 바위들이 꿇어 엎드려 침묵한다.
오 폭풍이여 폭격기처럼 밀어닥치는 바람이여
지금 이곳은 백두대간 해발 일천사백십 미터 고원
해와 달은 꺼졌다.
어둠이 꽃게처럼 기어 나와 산악을 뒤덮었다.
파멸의 이 달각거리는 순간
나는 무엇 때문에 여기 와 있는가
무엇 때문에 산, 네게 집중하고
무엇 때문에 한 발 한 발 너를 향해 들어가는가
수수억겁 쇠밧줄에 얽혀 있던 견우와 직녀가
사지를 비틀며 깨어나는도다.
산은 멍해 있고 어둠은 날뛰고
삿갓봉 봉우리가 통째로 거꾸로 뒤집힌다.
우지끈 생멸의 돛이 부러져 나가떨어진다.
광야에 저 홀로 거지 아이처럼 울부짖는 폭풍
혁명처럼 당당한 너
그 안에 쪼그라든 나

56

* 산경∥17ㆍ삿갓봉(1,410m): 폭우와 폭풍. 온몸이 젖었고 나는 탈
진했다. 겨우 삿갓골재대피소에 이르렀으나 통나무로 지은 대피
소마저 날아갈 지경. 삿갈골과 원통골을 넘나드는 바람 소리가 성
난 수사자의 울부짖음 같았다. 더욱이 일행들을 잃었었다. 향방이
묘연했다. 산속, 몰아치는 폭풍우 속에서 도무지 그들은 어찌 됐
단 말인가. 뒤에 있는가. 앞장서 갔는가. 산속을 헤매는가. 일행들
은 저물어서야 문을 열고 들어섰다. 뒤따라 왔던 것이다. 그 어렵
던 날 밤, 그 난리판에 시혼은 저 홀로 깨어나 이런 걸 읊조려 놓
았으니 이건 또 뭔가. 동녘 가까이 삿갓샘이 있다.

[007:2002.6.23] 육십령 할미봉 장수덕유산 남덕유산 월성치 삿
갓봉 삿갓골재

무룡산 산두꺼비

무시무시한 비바람 속을
발버둥 치기 두어 시간
홀연히 나타나 한들대는 노랑원추리꽃
그 아래 등이 보름달 같은 산두꺼비
나는 산두꺼비에게 묻는다.

네가 이 산의 주인인가
이 길이 대간으로 통하는 길인가
껌벅하는 눈동자에 어린 산 산 산
두꺼비 산그림자

'길이 시작점이고 길이 종착지다.'
네가 한 귀엣말 한 마디에
내 오장육부가 찢어졌다.
이 길이 정말 길인가

향적봉 향기누각

이름에 이끌리어 향적에 올랐다.
하지만 악전고투
강풍폭우 속에 온몸을 내어던지고
무려 다섯 시간,

향기로 지은 누각
향기로 지은 밥이 어디 있더란 말이냐
이 몸이 그 밥이요
이 몸뚱어리가 그 누각이다.

빗낱이 날카로운 쇠화살로 변해
쉴 새 없이 내리꽂히는 봉정
축융이 날뛰는 건가
산에는 냉기뿐 아무것도 없다.

* 산경 ‖ 18 · 향적봉(1,614m): 덕유산의 주봉. 덕유산은 전북 장수
와 무주, 경남 거창과 함양에 걸쳐있다. 향적봉을 상봉으로 해 남
쪽으로 무룡산 삿갓봉 남덕유산이 연달아 솟구쳐 있고 북쪽으로
적상산 깃대봉 두문산 칠봉 동쪽으로 귀봉 못봉 갈미봉 서쪽으로

망봉 시루봉 등 해발 1천m 안팎의 봉우리 20좌가 넘는 장엄한 산
군이다. 남쪽과 동쪽 봉우리들이 백두대간 주능선으로 연결된다.
나제통문 학소대 백련사 등 무주구천동 33경이 이 산에 놓여
있다. 나 또한 그 산에 몸을 기대고 종주 8일째 밤을 보낸다.
* 산경‖19·香積여래: 중향국에 머문다. 여래의 음식은 향기. 땅과
동산이 향기다. 누각도 향기다. 온갖 물상이 향기일 뿐 형상이
없다. 있지만 없다.『유마경』「향적불품」에서 유마거사는 향적여래
의 출현을 알렸다.

[008:2002.6.24] 삿갈골재 무룡산 동엽령 백암봉 중봉 향적봉

백암봉 흑룡바람꼬리

백암봉 흰 바위
바위 흰 그림자
비바람 너무 세차 길을 놓쳤었지
지봉안으로 가라

밤사이 바람흑룡꼬리가
다람쥐꼬리털처럼 부드러워졌다.

산이 구름 위에
망루처럼 뜬다.
나도 떠 그 위다.

* 산경 ‖ 20 · 백암봉(1,490m): 동엽령을 지나 귀봉과 향적봉 갈림
길에 있는 봉우리. 이곳에서 폭풍과 안개로 길을 잘못 들어 얼떨
결에 향적봉으로 올라가 밤을 보냈다. 향적봉은 백두대간 선상의
산은 아니다. 하지만 밤새 산을 뒤집어엎을 듯 날뛰던 그 폭우를
어찌 잊을 수 있단 말인가. 산벗 방순미는 이 능선에서 표풍에 휩
쓸려 손오공처럼 하늘로 솟구쳤다 떨어져 손목을 접질렸다. 이후
그는 쓰라림과 아픔을 이겨내며 더욱 강한 불굴의 여전사처럼 돼
갔다. 그런 우여곡절이라 백암봉을 거쳐 산행을 하였음에도 산봉
우리가 백암봉인지 알지 못했다. 이튿날에야 백암봉에서 백암봉
임을 확인하였기에 시 '백암봉 흑룡바람꼬리'를 '향적봉 향기누각'
뒤에 둔다.

귀봉 물방울 성자

성자다. 성자다. 성자다.
귀봉 호랑버들잎에 올라앉은
물방울 한 알
새벽 광명이 온몸을 채웠다.
해발 일천사백 귀봉 고원으로 쏟아지는 새벽빛
그 빛살을 담아
호랑버들잎 세상을 밝히고
무한 적요에 든 성자
나 오늘 이만큼이면 되리

못봉 새싹 무위진인

구름판을 밀치며 한둘씩
혹은 네댓씩 돋쳐 올라오는 새싹들

새싹 산봉우리 무위진인들
산대가리들
끝이 뾰족뾰족 뜸북새 부리 같은 것이
금방 사방을 채웠다.

하늘과 땅의 불가해한 저 소용돌이
엄청난 힘이 느껴진다.

'벼락이 오면 도리깨로 산을 쳐라.'

내 아랫도리에도 힘이 실렸다.
산봉우리는 산의 윗도리다.

대봉 침낭 생각

월음령 거쳐 대봉 억새풀 오르막
숨이 하늘에 찬다.
향적봉에서는 향적 미향 아니라
침낭을 태워 먹었다.
오렌지빛 거위 깃털 침낭
움켜쥐면 한 줌밖에 안 되었지만
날마다 지쳐 너덜거리는 이 가죽포대를
끌어안아 잠들게 하던 것,
램프불 쓰러져 한순간에
귀퉁이가 녹아 달아났다.
배추흰나비 날개 같은 거위 깃털이
끝도 없이 빠져나와
두루미처럼 날아올랐다. 그 귀퉁이
왜 이 대봉에 와 생각날까?
'얼음암릉을 가다 꼼짝 못 하고
벌벌 떨고 선 너 나귀 새끼야'

노린내가 내 코끝을 때린다.

갈미봉 구름국수발

갈미봉이다. 다시 구름 안
나뭇가지마다 걸려 늘어진 구름 발

한 젓가락씩 건져 올리면
온 산 구름들이 잔치국수 가락처럼
딸려 올라올 것 같다.

멈출 수 없이 내달려야 하는 빗길 산길
뼈재 가는 길도 구름국수발

구름발로 걷는 새새댁 산

* 산경 ‖ 21 · 뼈재: 동물들의 뼈가 많다하여 '뼈재'라는 이름이 붙여
졌다. 하지만 의미변형을 일으켜 '뼈재'가 돼버렸다. 신풍령이라고
도 한다. 거창과 무주를 잇는 재다. 표지석 '秀嶺'이 있고 정자도
있다. 727번 지방도가 지나간다. 오른쪽 조금 아래쪽에 신풍령 휴
게소가 있다. 이곳에서 늦은 점심을 먹었다. 나는 서글서글한 휴
게소 여주인으로부터 누룽지가 반이나 담겨 찰랑거리는 숭늉 한
그릇을 얻어먹기도 했다. 실로 꿀맛 같았고 고마웠다. 이후 가끔
음식을 구걸해 먹기 시작했다. 이상한 일은 먹으면 먹은 건 곧장
사라져버린다는 것이었다.

덕유 삼봉산 비틀걸음

수정봉 얼른 내려 된새미기재
호절골재 건너 덕유 삼봉산

모처럼 하늘 청청 째진다.
그 속에 머리 갖다 박고 선 봉우리 셋
그중 한 봉우리 삼봉에 든다.

하지만 길은 문득 끊어지고
나는 갈피를 못 잡는다.
'시를 죽이고 말을 죽여야'

갑자기 사방에서 산봉우리들이 깔깔댄다.

천지가 흔들리며 으르렁댄다.
걸려들었나. 산에 취해 헤매나

대덕산 대덕샘물 가에 나온 만월 낭자

대덕산 낙조 홍안
거북등 팔만 사천 리가 저문다.
진달래꽃 붉어라

급경사 찰진흙산밭도 붉어라

나는 흙투겁,
그런데 저 소리는 뭐냐
대통 두들기는 듯한 저 맑은 물소리
물소리 섞인 내 사랑도 붉어라

깜짝 놀라 고개를 돌렸으나, 아아
동녘 산꼭지를 막 터뜨리고 나온
만월 낭자

낭자여 너도 붉어라

* 산경 ‖ 22 · 대덕산(1,290m): 정상이 헬기장. 한눈에 들어오는 주
  변 일만 산, 이 산줄기 하나가 잠깐 멈칫대다 동남쪽으로 구불텅
  거리며 거침없이 흘러 명산 가야산(1,433m)을 밀어 올린다. 나는

2009년 11월 22일 가야산에 올라 칠불봉과 상왕봉 사이 만물상능선을 타고 북동쪽으로 파도치듯 휘달려 올라가는 산세에 감격하며 대덕산과 덕유산을 떠올렸었다. 팔만대장경판(국보제32호 · 8만1258장)을 간직한 법보종찰 해인사는 가야산이 품고 있다. 자통홍제존자사명당석장비와 고암의 비탑과 성철대덕의 사리탑이 이 종찰 도량에 자리 잡고 있다. 신라 최치원은 당나라에서 귀국 후 뜻을 펴려 하였지만 난세를 만나 상심 끝에 진성여왕 10년(896년)에 가족과 함께 가야산으로 들어가 나오지 않았다고 한다.(『고봉속집』제2권 · 기대승). 낙조의 순간. 그 적요가 너무 좋아 한참을 밍그적거리다가 찰진흙밭을 썰매 타듯 급하게 내려섰다. 여러 차례 미끄러졌다. 흙투겁이 됐다. 밋밋하게 휘어들어 바로 떨어져 보니 덕산재, 대간 산줄기를 파내고 30번 도로가 휑하니 지나 갔다. 왼쪽으로 한참을 내려가 허름한 산장에서 일박했다. 오늘 오른 봉우리는 일곱이었다. 재가 넷, 산령과 고개가 각각 하나. 육신이 아프다. 깨어나 눈을 비비자 창밖에 살구가 노랗게 익은 게 들어왔다. 몇 개 몰래 따 씨까지 발라먹었다. 하지만 주인과 어미 살구나무에게 자꾸 죄스러운 생각이 들었다. 살구 도둑이 돼 버렸으니! 씨까지 발라먹다니. 용서를 빌었다. 용서. 산속 생활 아흐레 만에 나는 그렇게까지 게걸스러워졌다. 마음을 고쳐먹고 다시 부항령을 향해 고개를 번쩍 들었다. 낭자는 최치원이었을까. 성철 대덕이었을까. '산 채로 무간지옥에 떨어져서 그 한이 만 갈래나 되는데/ 둥근 한 수레바퀴 붉음을 내뿜으며 푸른 산에 걸렸도다.(活陷阿鼻恨萬端 一輪吐紅掛碧山) · 퇴옹당 성철 선사 열반송 부분.'

[009:2002.6.25] 백암봉 귀봉 횡경재 지봉 월음령 대봉 빼재 수정봉 된새기미재 호절골재 삼봉산 소사고개 삼도봉 대덕산 덕산재

제 4 부

나란 또 무언가

부항령 부용봉

부용봉이라 해두자, 이 봉우리
퍼들어진 바위부용꽃 이파리 한 부분에
내 몸 잠시 올려놓았다.

꽃 속 무당벌레 같다.

이렇게 이루어졌구나
백두대간은 실로 이랬었구나
봉우리가 산줄기를 낳고 산줄기가 봉우리를 낳고
큰 봉우리는 작은 봉우리를 작은 봉우리는
큰 봉우리를 낳고 낳고 낳아서
다만 파도 일듯 이는 것

내 걸어온 봉우리들이 풀파도 치고
내 걸어갈 봉우리들이 밀려들어 풍파가 인다.
누구를 재촉해 부르느냐

산과 산들이 우짖는 소리
저 산산만만파파랑 폭풍 소리여

* 산경 ‖ 23 · 부항령: 김천과 무주를 넘나드는 고개. 삼도봉 터널이
   있다. 대덕산과 덕유산이 코앞에 불뚝 서 있고 산봉우리들은 산능
   선을 사이에 두고 휘돌아 들고 뻗어 나가 하늘과 논다.

삼도봉 세 마리 돌거북

삼도봉, 참 힘들게 왔다.
다리 아프고 뱃가죽은 달라붙었다.
변비 열흘,

저항하는구나, 이 걸레통 몸통아

하지만 통쾌한 산의 일대굴원이
이 봉우리를 중심으로 펼쳐진다.

허깨비여 다만 허깨비여
굽이치는 능선 겹겹 산 산 산 아래
너는 무엇을 보고 무엇을 못 보았다 하느냐
나는 산을 보았을 뿐이다.

그런데 저 돌거북은
또 왜 여기까지 올라와 엎어져 있나
뿔이 없다. 뿔이 없다.

* 산경 ‖ 24 · 삼도봉(1,172m): 추풍령 남서쪽 약 15km 지점에 좌정
  해 있다. 조선시대 전국을 팔도로 나눌 때 삼남의 삼도 분기점을

이룬 산으로 정상에 전북 경북 충북 삼도 화합 석조물이 있다. 서쪽이 무주, 동켠은 김천이다. 봉우리에서 남녘으로 눈에 확 띄게 들어오는 바위봉우리가 석기봉(1,200m)과 민주지산(1,242m), 각호봉(1,176m)이다. 민주지산 상봉은 주능선 8Km 가운데 가장 높고 날카롭다. 하지만 충청도 쪽에서 보면 산세가 민드름하다고 해서 '민두름산'이라 불려졌다 한다. 아래 영동군 상촌면의 물한계곡은 미니미골, 음주암골, 쪽쇄골 물이 어울려 초강천을 만들고 심천면으로 흘러들어 금강과 합류한다. 계곡이 깊고 그윽해 희귀 동식물이 많고 삼남 최고의 원시림지대로 알려졌다. 산들이 솟구치며 내리뻗은 능선이 가물거리는데, 주변의 수많은 산들은 푸른 왕거북처럼 머리를 치켜들고 삼도봉을 향해 기어오른다. 서서남 아득히 마이산이 두 귀를 쫑긋대기도 한다. 이긍익의 『연려실기술』 별집 제16권 「地理典故」에는 이 마이산에 대해 덕유산 한 가지가 뻗어나와 생겼고 '두 돌봉우리가 치솟아 하늘에 닿았다'라고 적었다. 1124봉을 내려서면 밀목재, 신발이 참 무겁다. 오늘 밤은 밀목재에 몸을 던진다.

[010:2002.6.26] 덕산재 부항령 삼도봉 밀목재

화주봉 흰오리난초 꽃망울

저기 방초들 사이 흰오리난초
고개를
회회

새끼 방울뱀 대가리 내어 흔들 듯 꽃대가리 회회

길게 뽑아 올린 모가지에
올라앉은 흰꽃대가리
위험하다. 백척간두여
올라앉아 있는 것은 위험하다.

비탈 하늘을 틀어 꼭 붙잡았지만
하늘 허공
미풍에 흔들린다.

자국을 흰 바위 능선이 긋다.

바람재 새벽 새소리

소기볼비볼저저저 쩌 비올째
비올비올비올저저 쩌 비올째

산에서 밤을 지새운 이들은 안다.
해 뜨기 직전 철벽산을 들깨우는
수많은 새들의 우짖음을
겨우 첫발 떼어놓은 우리 나형이
옹알옹알 입속의 옹알이소리처럼
산들이 짓는 옹알이소리
우주악성이 연주하는 악기 소리

비올비올비올저저 쩌 비올째

* 산경 ‖ 25 · 바람재: 김천과 충북 영동 사이의 재. 오늘은 꽃밭산을
넘었다. 밀목재에서 화주봉 우두령으로 이어지는 대간길은 막 피
기 시작한 흰오리난초들이 지천이었다. 붙들고 한참씩 향기를
맡다가 풀어 놓으면 유난히 긴 꽃대를 회회 흔들며 맑은 백자 흰
빛으로 찰랑댔다. 산비탈 곳곳에 흙구덩이가 파여 있고 산뽕오디
씨앗이 톡톡 들어가 박힌 검은 짐승 똥 또한 즐비했다. 오소리 똥

이었다. 오소리들이 오디를 주워 먹은 것이었다. 초목과 짐승들이 살아가기에 알맞은 해발 1천m 안팎의 육산준령이 새끼 밴 암소처럼 느긋해 풍만했다. 우두령을 지나 산봉우리 서너 개를 넘다 보면 갑자기 동서가 탁 트인 능선이 나타난다. 이곳이 바람재. 나는 이곳 바람재에서 다시 내 유리구름집을 짓고 창을 열어놓고 보냈다. 하지만 그 밤을 끝으로 내 유리구름집은 끝이었다. 해체한 것이었다. 무게를 줄이기 위해서였다. 한고비가 왔고 몸이 말을 듣지 않아 줄일 수 있는 것은 모두 줄이는 중이었다. 밤마다 누워 별을 볼 내 조그만 소망도 이렇게 해 줄였다.

[011:2002.6.27] 밀목재 화주봉 우두령 삼성산 바람재

황악산 굴참나무의 웅얼거림

황악아 황악아 나, 나, 나,
나다! 내가 왔다.
하지만 대답이 없다.

직지사를 품에 안은 황악
직지인심 하라 직지 하라
문득 원효가 떠오르고
불연 이기영 거사도 떠오른다.

그분과 직지사에 머문 적 있었지

일체제법유시일심
일체중생시일본각

황악아 황악아 거듭 불러도
불러 그래 어쩌란 말인가
산정의 굴참나무들이 기가 차서
저희끼리 웅얼웅얼 한다.

* 산경‖26 · 황악산(1,111m): 상봉을 중심으로 우로는 망월봉 신선봉 형제봉 선유봉이, 좌로는 백운봉 운수봉 천룡봉이 옹위하고 있는 형국이다. 돌아보면 삼도봉 대덕산 덕유산이 꿈길처럼 펼쳐진다. 정상에는 '비로봉'이라는 표지석과 삼각점이 있다. 내려서면 헬기장, 오른쪽으로 직지사로 통하는 길이 나온다. 해동중심부의 길상지라 일컫는 자리에 세워진 직지사는 신라 눌지왕 2년(418년) 아도화상이 개창했다. 조선 8대 사찰 중 하나였고, 현재는 조계종 25본산 가운데 제8교구 본사로 54개 말사와 함께 있다. 야지인가 하면 깊은 산곡, 산곡인가 하면 야지라 비산비야의 절묘한 곳에 직지가 섰다. 현대 선시조의 꽃봉오리 무산 선사는 여기 들렸다가 다음과 같은 시를 남겼다.'감감히 뻗어 간 황악(黃嶽)/ 하늘 밖에 잠기고// 금릉 빈 들녘에/ 흩어진 갈대바람// 구만리/ 달 뜨는 밤을/ 한등 하나 타더이다'.(조오현 · 「한등〈寒燈〉—백수 선생」『심우도』1978.) 타는 차가운 등불은 누구일까? 님일까? 깨친 시인 자신일까? 아름다운 단청으로 사찰 예술의 극치를 보여주는 비로전도 이 직지사에 있다. 비로전에는 천불을 모셔 놓았다. 고려 초 경잠대사가 16년간 경주 옥돌을 깎아 만들었다는 옥돌불이다. 표정이 모두 다르고 한 분은 알몸이다. 알몸으로 태어나서 알몸으로 세상을 살다 아직 알몸으로 무세월을 넘나드는 부처. 사명당의 영정이 보관되어 있다.

* 산경‖27 · 一切諸法唯是一心 一切衆生是一本覺: 불연 이기영 선생께서 내게 써 준 글귀다. 후일 원효의 『金剛三昧經論』을 읽다가 미소를 지었다. 글귀가 바로 거기 있었기 때문이었다. 살아있는 원효산 이기영 거사. 나는 원효가 탐이나 그분을 따라다니느라 마음이 부르텄었다.

황악산 백운봉 향인 두 알

두 발끝에 마음을 집중하고
황토 급경사를 내려와
얼른 봉우리 하나 앞에 섰다.

백운봉 산뜻하다.

황악이 그새 저만치 물러서서
이마를 드러내고 웃고 있다.
나는 살구씨를 바위조각으로 깨뜨려
향인 두 알을 깨물어 먹었다. 생명을!

송연했으나 또 일을 저질렀다.
너무 허기가 찬다.
도무지 생명이란 무엇인가

너는 무어고 나란 또 무언가

운수봉 보리매미 소리

이 산하에 매미가 왔다.
첫 매미 소리
운수봉이 기른 보리매미

응아응아 딱따로따은 애
응아응아 딱따로따은 애

첫여름이 왔다고
우리나라 산천을 느릿느릿 애잔히
그러나 분명한 곡조로 일깨우는 매미들

참매미 말매미 뽈매미 쇠깔깔매미 쓰르라미
세모매미 유지매미 늦털매미(…)
매미 소리 따라 계절이 오고 갔었구나
고 조그만 미물의 목청에 부딪혀
천지가 갑자기 환해진다.

응아응아 딱따로따은 애

가성산 철쭉 낙화

궤방령 오리실재 거쳐
가파르게 오르는 바위 능선
미인송 쭉쭉 곧다.

밑으로는 철쭉숲
철쭉숲길 따라 나보다 먼저
오소리란 놈이 흔적을 남겼다.
남녘 산 오소리

생흙구덩이 앞에 더러 똥 무더기
오소리흙집 오소리 똥을 피해
굼성굼성 오르내리는 산행
철 지난 철쭉꽃들이 인기척에 놀라
맥없이 떨어진다.

떨어져 감싸 안는다.
흑요석 똥 덩어리를

장군봉에 나타난 웬 키 큰 젊은이

봉우리를 몇이나 넘었을까?
겨우 오른 장군봉
나는 털썩 엉덩이를 내려놓았다.
한데, 홀연히 나타난 웬 키 큰 젊은이
내 등에 매달려 허우적거리던 배낭을 낚아채
뜀박질하듯 달려간다.
히야, 거 참 잘 간다.
나도 그 젊은 걸음 따라
거친 산길을 날 듯 달린다.
봉우리를 또 몇이나 넘었을까?
'백두대간은 봉우리 천지다'
훌쩍훌쩍 넘고 넘어 열 개는 더 넘어
마침내 다다른 곳 눌의산 꼭대기
젊은이는 온데간데없고
산봉우리에는 배낭만 덩그렁
올라앉아 있다.
노을 몇 오라기 받아 물고

눌의산 내 고마운 발

올라보면 눌의산
돌아보면 황악산
나는 손바닥을 폈다 오므렸다 하다가
발을 바위 위에 꺼내어 놓았다.
아직 흠이 안 간 내 두 발
나는 발바닥을 툭툭 쳤다.
스물여섯 개의 뼈마디와 발관절 서른셋 그리고 바닥살
아직은 저항 없이 고요하다.
아래 추풍령 차 소리
건너면 추풍령 저수지
첫날밤 아내가 펼쳐놓은 이불자락 같은 그것을
낙조 붉어 붉어진 집게벌레가
조금씩 쏠아 들어가고 있다.
산그늘을 물고
드물게 백로가 난다.

* 산경 ‖ 28 · 눌의산(744m): 문득 서녘을 보니 산머리가 노을로 뒤
덮였다. 돌아서자 지척에 장군봉과 가성산이 겹쳐있고 그 위로 황
악산 한쪽 볼에도 노을이 가득 차 있다. 천지가 노을이다. 운수봉
과 여시골산을 지나면 궤방령이다. 이 궤방령에서 행상차를 만나

노랑참외와 토마토를 사 먹고 기운을 돋우었다. 벼 김매는 아낙이 기다리면 차가 올 거라 해 한 시간 넘게 기다렸었다. 궤방령은 임진왜란 때 박이룡이 의병을 이끌고 방어진을 구축해 왜병을 물리쳤다고 한다. 그리로도 노을이 빨려 들어가고 있었다. 빤한 아래 추풍령도 노을이기는 마찬가지였다. 오늘은 모진 변비를 통했다. 바람재 조금 지나서 실로 12일만의 일이었다. 굳은 진흙 가루 같은 게 뚫려 나갔다. 이후 다시는 변비가 오지 않았다. 두어 시간을 기다리자 일행들이 나타나 랜턴을 켜고 내림길을 재촉한다. 굴다리를 빠져나가면 대전 천안 김천 동대구를 서로 잇는 기찻길 추풍령이 나온다. 추풍령은 죽령 조령과 함께 백두대간 3대 고개로 친다. 추풍령에 떨어진 빗방울이 남동으로 흐르면 낙동강과 합쳐지고 북서로 흐르면 금강물이 된다. 길거리에는 사람들이 분주하게 움직였다. 아, 추풍령! 사람들. 오늘은 사람 내음을 맡으며 사람들 틈에 끼어 있다. 빈 판잣집에서 12일째 밤. 넘나든 산봉우리들이 아른댄다. 금산은 겁외에 있다.

[012:2002.6.28] 바람재 황악산 백운봉 운수봉 여시골산 궤방령 가성산 장군봉 눌의산 추풍령

제5부

푸른 꽃산 방초향이여

금산 반쪼가리 산

추풍령을 벗어났다.
밭둑 찔레덩굴을 돌아 금방 금산
반쪼가리 산 금산
누가 한쪽 옆구리를 다 파먹었는가
오장육부 유방까지 철저하게 파먹었는가
파 먹히고 파 먹히다 보면 산이, 산은
붉은 벼락처럼 일어서리라
파먹은 자가 너더냐

'실바람 한 올이 대천을 집어삼키네.'

나는 괜히 내 옆구리를
세 차례 쥐어박았다.

용문산 애잔한 산메아리 반 그릇

사기점고개 작점고개를 거쳐
무려 여섯 시간 반을 걸어왔으나 용문산 용문이 없다.
나는 그만 풀숲에다 몸뚱이를 내던져버렸다.
바로 그때 누가 이마를 치며 덜컥 용문을 열어 제켰다.
그러나 그건 애잔한 여인의 목소리
울부짖음인가, 일어나 사방을 살폈다.
아무도 없는 저곳 북천에 차오르는 장엄한 산덩어리
기골찬 산의 뼈다귀,
'밧줄도 없이 나를 꽁꽁 묶어버린 너는 누구냐'

허공을 딛고 선 산메아리 반 그릇

국수봉 물 한잔

국수봉 조금 못 가 이 봉우리
산 같지 않은 산
독사 대가리 같아라
독사 대가리처럼 발딱 일어선 산대가리
산혓바닥이 내 콧마루에서 날름거린다.
흐르는 땀 범벅
나도 바짝 독을 쓰고 한 걸음 한 걸음 발걸음을 떼어놓자
갑작스레 허공 만공,

절로 그만 한바탕 웃음이 터진다.

물 한잔 올린 후 다시 껄껄거리며
허공길을 다잡아드니 큰재
비뚤라한 갈피리 집 한 채
조촐히 앉아 있다.

* 산경∥29·큰재: 상주시 모동면과 공성면 경계에 있다. 민가 한
채가 보이고 길을 건너서면 옥산초등학교 안성분교(1997년 3월 1
일 폐교)다. 오늘 대간길은 오르내림이 심했다. 금산을 지난 다음
사기점고개 작점고갯길은 멀고도 지루했다. 용문산길도. 국수봉

과 용문산 사이의 그 무명봉은 깔때기를 엎어놓은 듯했는데, 산 같지 않은 산이 짐짓 까불며 대드는 것 같았다. 가파른 오름능선 사초 풀더미에 앉아 배낭 깊이 간직했던 단팥빵 한 개를 꺼내 몰래 먹었다. 허기 차서였다. 미롱종이 껍질을 벗기는 순간 '바스락'해 나는 깜짝 놀랐다. 그런데 백두대간 종주 5주년 기념 산행하던 날 밤 북암령에서 별을 보다 말고 최종대 화백이 느닷없이 그 빵 맛있더냐고 놀렸다. '바스락'할 때 빵임을 알아차렸고, 수군거렸다는 것이었다. 몰래 혼자 먹은 빵 한 조각과 극한상황과(…). 큰재 이화정파크에서 첫 지원을 받았다. 이명용과 이현순 박소연(최종대 부인)이 쌀 미숫가루 고추장 김치 수박 등을 가득 싣고 왔다. 내 제자이기도 한 박소연은 젖먹이 갓난아기를 데려왔다. 그 생명 덩어리를 안고 좋아하는 최화백을 보자 나도 덩달아 즐거워졌다. 먼 거리까지 온 젊은 그들이 그저 고마울 뿐이었다. 백두대간에 든 지 13일째 밤. 처음 물로 몸을 씻고 산악장비를 헹구어 말렸다. 몸은 만근이나 마음은 날 듯하다. 이튿날 김영기 도반은 일이 생겨 3일 후 다시 합류하기로 하고 지원 온 일행을 따라갔다.

[013:2002.6.29] 추풍령 금산 사기점고개 작점고개 갈현 용문산 국수봉 큰재

백학산 백학봉 날개능선 둘

파도이랑 타듯
봉우리를 넘고 넘어서 걸어라
백학산 백학봉
청모시빛 호수,
오늘은 이 몸뚱어리가 왜 이리 가벼우냐
백학이 두 날개를 쫙 펼쳐 나를 품고
광활한 우주를 날아가는 듯
활강하는 듯
호수 물결을 걷어차 튕기며 솟구쳐 오르는 듯

산이 나를 데리고 논다.

아기동자꽃이 눈을 흘긴다.
시가 저기 있다.
산의 콧구멍이 시다.
도가 저기 피었다.

* 산경 ‖ 30 · 백학산(615m): 그리 높지 않은 산이나 봉우리가 예쁘다. 몸이 갑자기 좋아졌다. 20㎏ 남짓 짊어진 짐은 있는 듯 없는 듯하고 산은 마치 천리마나 된 듯 나를 태우고 달렸다. 내가 산을 타고 가는 게 아니라 산이 나를 업고 달리는 듯했다. 아름다운 능선길을 달리고 넘어 펀펀한 지기재에 이르자 날이 저물었다. 오늘은 산이 나를 데리고 놀았다. 길은 부드러워 허공길을 걷는 것 같았다. 백학산은 산이 아니라 한 마리 백학이었다. 백학이 나를 태우고 거친 산악을 훨훨 날아다니다가 문득 내려놓으니 석산마을 회관 마당이었다.

[014:2002.6.30] 큰재 회령재 개터재 윗왕실재 백학산 개머리재 지기재

윤지미산 노간주나무 물방울 등초롱

팔음산을 왼쪽으로 하고
신의터재를 지나 바로 올라섰다.
산그늘 드리운 윤지미산

노간주나무 한 그루가
산을 지키고 있다.
뾰족뾰족한 바늘잎들은 제각각 하나씩
물방울 등초롱을 들고 나와
산봉우리를 맑힌다.
이걸 본 것만으로도 됐다.
행여 떨어뜨릴까 안간힘을 쓰는 저 나무
나무의 고독, 고독을 알아챈 것만으로도.
나는 땅울림 칠까 봐 조심조심
발걸음을 떼어놓는다.
물방울 등초롱길

철쭉터널 잡목터널 소나무터널을 지나
상크런 코빼기 봉우리 넷 지나
이름 재미난 그 윤지미산
산이 속살 비친 여인 같다.
산에 들면 산이 도다.

봉황산 물 삼매

올려다보면 봉우리가 다섯
내려다보면 봉우리가 일곱
화령재 넘어 봉황산

봉황산에 봉황 아니라
이쁜 소녀들 둘 나타났었다.
물 한 사발 건네고
수줍은 듯 달아나던 소녀, 소녀야

천하일미 물 한 사발 맛 물 삼매

나 얼른 사방을 두리번거린다.
내 마음속 봉황이 녹음바다 일만 파랑을 일으키며
서쪽 하늘 구석을 북 찢고 날아오른다.
오색찬란한 구름 파동
벼락 치는 천음이여

산그늘을 훔쳐보다 아차,
그만 나는 발목을 삐었다.

* 산경∥31·봉황산(741m): 상주시에 있다. '상주 함창 공갈못에/ 연밥 따는 저 처자야/ 연밥 줄밥 내 따 줄게/ 이내 품에 잠자주소./ 잠자기는 어렵잖소./ 연밥 따기 늦어가요.' 어디서 '상주 연밥 따는 노래'가 들려올 듯하다. 상주시에 걸쳐 있는 백두대간 구간에는 특히 재가 많다. 오늘은 지기재를 출발하여 신의터재를 지나 윤지미산, 그 사이 화령재, 다시 봉황산을 올랐다가 비재, 그러고 보면 국수봉에서 형제봉까지 크고 작은 재가 끝없이 이어졌다. 이재를 넘나들며 농부들은 농사를 짓고 고달픈 삶을 농요에 담아 풀어갔으리라. 비재 대동쉼터에서 밤을 맞았다. 순박하기 이를 데 없는 안주인이 알이 굴밤만 한 멧살구를 한 바구니 내놓아 먹었다. 토종 살구였다. 보은 상주 간 977번 지방도가 이 재를 지나간다. 산벗 최종대가 마음 삐쳐 앞서 갔다. 햇살이 긴장해 튕기면 가야금 소리가 날 듯하다.

[015:2002.7.1] 지기재 신의터재(어신재) 윤지미산 화령재 봉황산 비재(飛鳥)

형제봉 암대에 앉다

형제봉 암대에 앉다.
뿔산,

산이 삼각 무소뿔이다.
삼각뿔로 장엄한 산 세상
삼천국토의 땅이 천지 팔방에서 진동한다.
불끈 솟구친다.

저 삼각 무소 산뿔, 뿔산들이 솟구쳐
나를 떠받들고 있었구나
뿔산 바위방석에 내가 놓였다.

하늘과 독대한 이 순간
무한 적막 속으로 나가떨어진 나,
문득 내 안의 현자가 이르기를
아무 원하는 바 없다 한다.

오늘 양식은 한 줌 날곡
물 한 방울의 풍요

속리산 천왕봉

속세를 떠나려 하나, 나
속세가 잡아채 놓아주지 않는다.
먼 속리산
온종일 얼마나 목말랐던가
쌀 떨어지고 비상식량 떨어지고 먹고 마실 것 모두 바닥나
허리띠를 졸라매며 얼마나 괴로웠던가

하지만 바로 그 순간 반딧불이가 안내해 준 천왕샘
샘물은 바위벽을 뚫고 흘러나와 천연바위 함지박에서
찰랑거렸다.
이 땅의 백두대간 샘물이

샘물 한 모금에 정신이 번쩍 든 나,
돌아보면 피앗재 형제봉 그 건너 봉황산
앞을 보면 비로봉
일만 산 일만 봉우리
천지의 산이 모두 물결치며 이리로 몰려든다.

아, 속리
속리俗離 하라
나 천왕봉 바위틈에 쪼그려 앉아 밤 채비를 하자
법주사 쌍사자가 배를 맞대고 걸어 나와

꼬리를 내리치며 으르렁댄다.

한 놈은 입을 벌리고

한 놈은 입을 다물고

을 이끌면서 한북정맥을 만들어 놓는다. 서울은 남쪽 산이 그 세력을 뻗쳐 올라오고 북쪽 산이 그 세력을 소용돌이를 일으키며 내려와 옹위하는 곳에 좌정하고 있다. 금북정맥은 크고 작은 금강 지류들을 꿈틀거리게 하면서 성거산 일월산 가야산 수덕산을 품고 서남쪽으로 계속 뻗어가 팔봉산에서 일단 그 걸음을 멈추니 절경 태안반도다.

＊산경∥33·법주사: 속리산 서쪽 산 날개 금포란형국에 자리 잡은 신라 고찰. 법주사는 내가 스물일곱 살 때 처음 찾은 후 그동안 40여 년이 흘렀다. 쌍사자석등, 우리나라 유일의 오층목제탑과 팔상전이 강한 인상으로 남아 있다. 주변 산 조망이 압권일 것이나 어둡고 찌푸린 날씨 탓에 구름 사이로 산등만 보이고 그 위로 별들이 언뜻언뜻 스친다. 정상 바위 모서리에 후라이깃을 얽어 잠자리를 준비했으나 펄럭대며 기괴한 소리를 질러댄다. 자정 넘어 산벗 김영기가 왔다. 쌀 부식 과일과 벗 김홍수 형이 보낸 절편 등 60㎏가 넘는 배낭을 짊어지고 길도 없는 대목리계곡을 타고 올라온 것이었다. 틱틱틱 멀리서 날카롭게 땅울림치는 산지팡이 소리가 귀에 익어 나는 그이임을 직감했었고 어김없이 그가 왔다. 그의 초인적인 의지가 놀라울 뿐이었다. 이때의 그 힘겨웠던 순간을 백두대간종주 5주년 기념산행 때(2007년 7월 27일) 짐을 엎어버리고 싶었노라고 털어놓아 다시 놀라기도 했다. 속리산 형제봉 능선길에는 물이 없다. 비재에서 갈령삼거리 사이 못재(후백제 견훤이 목욕했었다는 전설이 있다.)에 샘이 있는 걸로 돼 있으나 말라버린 지 오래였다. 못재샘을 믿고 물을 준비하지 않은 탓에 온종일 심한 갈증에 시달렸다. 물 한 방울, 그 한 방울 물이 바로 생명수였다. 물 없는 길을 홀로. 물이 없으면 몸은 사막, 그 사막덩이를 끌어안고 홀로 산으로 오르는 자여! 나는 산정 바위 틈에 끼어 앉아 종주 16일째 밤을 지새웠다.

[016:2002.7.2] 비재 못재(천지) 갈령삼거리 형제봉 피앗재 천왕봉(속리산)

비로봉 백야

백광으로 불타올랐다.
비로봉 중천에
갑자기 나타난 해

보았다. 나, 비로챠나 광명불

이 순간은
일면목만으로 족할 것
내 뺨을 때리던 새벽 빗방울
그 예리함도 실은
광명불이었다.

속리산 문장대 암릉 해일

나 비로소 산이 난폭하다는 걸 알겠다.
산은 나를 가두려 하고
나는 산을 벗어나려 하고
산과 나의 불붙는 한판 결투가 산행길
아슬아슬한 산두타행이었다는 것을

내가 아, 소리치면 맞받아
아, 애끓는 바위울음 소리
이 무시무시한 암릉에 와 비로소

천왕봉에서 꾸불텅거리며 후려 들던 산줄기가
입석대 신선대 문수봉 문장대를 돌올히 밀어 올려놓고
돌연 고개를 살짝 치켜들고 하늘을 향해 포효하는
성난 수사자 같은 이 암릉,

천연 바위솔이 생긋생긋 웃음결 놓는
이 암릉에 와
비로소 나는 빈털터리였다.
시가 산이고 산이 도의 호랑이 새끼라

＊ 산경 ‖ 34 · 문장대(1,054m): 세조가 이 바위꼭대기에 올라 오륜과 삼강이 적힌 책 한 권을 얻었다는 전설이 내려온다. 문장대와 밤티재 사이에는 무서운 암릉 구간이 버텨있다. 올라섰다 내려섰다 빠져나갔다 들어갔다 엉덩이를 비틀었다 두 손으로 밀어냈다 뻗딛었다 배낭만 밀어 올렸다 끌어내렸다…. 암릉 릿지 할 때와 같은 온갖 몸짓을 다 만들어 보이고서야 구간이 끝났다. 빠져나오는 데만 3시간이 넘게 걸렸다. 암릉은 속리산의 모든 바위들이 모여 사는 바위집단 동네였다. 바위동산에 올라서서 사방을 살펴보면 오른쪽으로 또 다른 바위능선이 갈라쳐 급히 아래로 흘러내리고, 왼쪽으로는 관음봉 두로봉이 우뚝 솟구쳐 올랐다가 갑자기 떨어지니 상주시 화북면이다. 밤티재를 지나면 늘재. 그곳에 산신당이 있고 문경과 상주를 잇는 포장도로가 나 있다.

청화산이 자꾸 말을 걸어와

한밤에 마주한 청화산
푸른 꽃산 방초향이여
새 옷 갈아입고 누워도 잠 안 오네.

나뭇가지에 걸어놓은 옷가지
산지팡이 고리에 매달린 목장갑
발치에 가지런한 등산 가죽신
거기 아무렇게나 쑤셔 박힌 양말 두 짝
배가 훌쭉 꺼져버린 배낭
그 옆의 물통 두 개
헤드랜턴과 버너 하나 코펠 둘
머리맡의 공책과
0.48밀리 새리 젤 펜 하나
모두 눈을 초롱이 뜨고 있네.
'늘재 엄나무서낭당 수박 맛 같아.'

나뭇잎 팔딱거리는 소리
짐승들 캑캑거리는 소리

산봉우리가 자꾸 말을 걸어와

* 산경 ‖ 35 · 청화산(984m): 상주시와 문경시에 걸쳐 있다. 늘재에
서부터 야간 산행. 청화산 정상에는 무수한 별들이 꽃밭을 이루고
있었다. 그 별꽃밭 산정에 자리를 폈다. 멀리 어둠 속의 속리산,
그리로도 별들이 쏟아졌다. 왼쪽 의상골 의상저수지가 밤인데도
푸르게 빛났다. 오른쪽 동녘 시루봉에는 유교의 이상향 명당인 牛
腹洞이 소처럼 누워 금풀 아니라 나뭇가지에 걸린 별을 씹어 되새
김질하다 뱉어내고 있었다. 아래 용유동 쌍룡계곡이 그윽하게 떠
오른다. 암릉을 타느라 너무 힘을 빼서였을까? 도무지 잠이 안
온다. 힘들었으나 마음은 열락에 들다.

[017:2002.7.3] 속리산 천왕봉 비로봉 입석대 신선대 문수봉 문장
대 밤티재 늘재 청화산

제 6 부

밥 한 술을 다오

조항산 바람맛

갓바위재 샘물 떠다가
밥 지어 한술 뜨고
두 팔 벌리고 서서 능선풍 한 사발
거, 바람맛이 꿀맛이다.

쉬릿쉬릿 전신을 타고 도는
칠월 산의 냉기,
시의 털구멍을 울리는 피리소리여
산그늘에 서리는 음동

* 산경∥36 · 조항산(962m): 산 미모가 출중하다. 부드러웠고 사방
이 트였다. 조항산과 청화산 사이는 물 없는 백두대간 하늘길이
끝없이 이어진다. 물이 없다. 발걸음은 느려터지고 몸은 무겁다.
청화산에서 이미 물이 바다나 아침도 걸은 상태였다. 혹시나 하던
기대는 산줄기가 가팔라질수록 더욱 목을 태웠다. 갓바위재
(769m)에 이르렀을 때였다. 무슨 생각이 들었는지 산벗 김영기
형이 물을 찾아 나섰다. 그는 산생활에 도가 터 산세만 보아도 샘
줄기를 알아낸다. 그런 그가 깎아지른 절벽 비탈을 향해 동녘으로
내려갔다. 하지만 내려간 그는 돌아오지 않았다. 묘연했다. 한 시

간이 넘고 두 시간, 겁이 났다. 무슨 연고가 있음이 분명했다. 그를 찾아 비탈 아래로 내려섰다. 그곳에도 그는 없었다. 물이 있어야 할 곳은 먼지만 펄썩였다. 이름을 불렀다. 메아리가 나뭇가지에 잠깐 얹혔다가 곧장 사라졌다. 다시 반 시간이나 더 흘렀다. 건너편 능선에서 바스락거리는 소리가 들렸다. 그였다. 물주머니와 물통을 칡넝쿨로 칭칭 동여매 주렁주렁 매달고 그가 빙그레 웃으면서 나타난 것이었다. "거의 바닥에까지 갔다 왔어요. 물이 가까이 있을 줄 알았는데…." 그의 말에 향기가 일었다. 목이 타기는 그나 나나 마찬가지일 테지만 그는 고통을 뛰어넘어 없는 물을 찾아 가지고 왔구나. 그가 떠온 청정수 한 모금을 마시며 나는 자꾸 눈시울이 뜨거워졌다. 진정한 삶이란 뭘까? 목숨의 이쪽과 저쪽이 갓바위 능선 양 옆구리를 타고 순간적으로 피었다 진다. 김영기, 그의 산발걸음에도 향기가 묻어났다. 내 옆에 이런 젊은이가 다 있었다니.

대야산 상대봉 극락보전의 바위부처들

조용히 보다가 그냥 돌아설까
문 열고 들어가 절할까
기기묘묘한 저 바위 천연불들
나찰들도 한데 어울려 있다.

문경 대야산 상대봉은 극락보전
산 전체가 저녁 예불공양 하느라 야단이다.
뒤늦게 합석한 나,

일장타를 날릴까
일장봉을 휘두를까

들고 온 아무것도 없어
몸뚱어리를 통째 바친다.

산은 그만둬라 그만둬라 하고
나는 괜찮다 괜찮다 하고
실랑이하다 얼떨결에 픽 돌아서는 순간
수직 절벽 300m

그만 구렁텅이에 고꾸라졌다.

촛대봉 큰솔부엉이 소리

어흐흐흐흠 불솥타
어흐흐흐흠 불솥타

한밤 촛대봉 암릉에 걸터앉자
쩌렁쩌렁 산을 울리는 큰솔부엉이 소리
그래그래 알았다.
이 촛대봉 주인은 너야, 너다.
어흐흐흐흠 불솥타

함부로 들어왔다고
'하지만 저 산별들의 주인은 누구더냐.'
어흐흐흠 어흐흐흠

천지에 고해바치는
음흉한 산메아리

곰넘이봉을 넘다가 들은 소식

불란치재를 지나 깜깜지옥
곰넘이봉에 올랐다.
누군가가 속삭인다.

저 나뭇잎의 흔들림이
네 마음의 흔들림이다.
저 산꽃 한 송이의 방긋거림이
네 마음의 방긋거림이다.
이 능선을 걷는 너는
우주를 걷는 것이다.

나는 걸음을 멈추고
몸을 한곳으로 모았다.
빗방울소리 후두두둑

* 산경 ∥ 37 · 곰넘이봉(733m): 높지는 않으나 봉우리가 기운차게
올려 뻗쳤다. 깎아지른 내리막은 몸을 지탱할 수조차 없었다. 조
항산을 지나자 요란한 기계음이 들렸다. 산 하나를 기계가 갉아먹
어치우고 있었다. 오늘은 곰처럼 산행을 했다. 올려쳤다 내리쳤다

정말 곰처럼 내달렸다. 멈추고 보니 버리미기재. 몸이 말이 아니다. 땀범벅 진흙 범벅이었다. 문경 괴산 땅에 자리 잡은 대야산(931m)은 기골 찼다. 천태만상의 괴암이 즐비했고 상대봉 바위봉우리는 별안간 하늘로 치솟아 아찔하게 했다. 낙조로 붉어지는 산 얼굴에 나는 넋을 빼앗겼다. 산 양쪽에 仙遊洞이 있다. 동쪽에는 문경 선유동, 서쪽에는 괴산 선유동이 자리 잡아 예부터 묵객들의 발길이 끊이지 않았다 한다. 선유구곡과 두 마리 용이 등천했다는 용추계곡 용추폭포를 지나친다. 내림길은 갑작스러운 천길 벼랑, 조심했으나 헛디뎌 그만 굴러떨어지고 말았다. 가속이 붙어 쏜살같이 내리달리는 내 몸뚱이가 앞섰던 방순미를 쳤다. 가속이 줄어 멈춰선 곳은 벼랑 허리, 정신을 차리고 보니 그리 크게 다친 것 같지는 않았다. 철쭉나무 둥치에는 그녀가 아슬아슬 걸려 있었다. 괜찮으냐니 괜찮다 했다. 다시 나를 살펴보았다. 왼쪽 팔꿈치 소맷자락이 헤어지고 상처가 났다. 다행이었다. 상대봉에 엎드려 삼배를 올리고 가부좌로 잠시 명상에 든 때문이었을까? 빗방울 흩뿌리며 종주 18일째 밤은 깊어가고 후유증인지 몸이 후들거렸다.

[018:2002.7.4] 청화산 갓바위재 조항산 고모령 밀재 고래바위 대야산 촛대재 촛대봉 불란치재 곰넘이봉 버리미기재

장성봉 젖봉오리 둘

우리 아내 보개젖은
두 개의 산봉우리
오십이 넘어도 새색시 적 그대로
하나도 찌그러들지 않고 아직 탐스럽네.
젖봉오리 둘
지난밤에는 그 젖봉오리 둘 사이에 들어가
일박하려 했지
안기려 했지
하지만 밤 너무 깊고 어두워
버리미기재 샘가에 둥지 틀고 말았네.
굴러떨어져 다친 팔뚝 쓰리고 아프다.
뼛골에 스미는 오한

악휘봉 태풍

태풍 불러다 앉혀놓고
나를 불러다 앉혀놓고
악휘봉아 너 무얼 하려느냐

바람이 너무 드세
솟구친 바위 봉우리가 휘청거린다.
바위 봉우리를 붙들고 어쩔 줄 몰라하는
나도 휘청거린다.

아 아 나 휘청거리며 살아왔구나
너 흔들릴 때마다
나 붙들 것 하나 없이 휘청거렸다.

사람 사는 세상 얼마나 교묘하던가
여여가 여여 하던가
달콤한 혓맛 뒤에 숨어있던 추악한 괴물
그걸 느끼고도 가만히 있었던 나
가련한 나,

그러나 지금은 아니다. 아니다.
홀로라도 당당하다.
가진 것 없을수록 몸은 가벼워지고

적빈이어서 성성하다.

휘청거리면서 당당한
골개산 너 악휘봉아

* 산경∥38 · 악휘봉(845m): 백두대간 주봉은 아니다. 백두대간 마
루금은 삼거리에서 오른쪽으로 꺾어 구왕봉 쪽으로 가야 한다. 하
지만 악휘봉을 만난 건 행운이었다. 표풍이 몰아쳐 얼떨결에 왼쪽
으로 접어든 게 악휘봉을 오른 것이었다. 가냘픈 바위 봉우리. 코
끼리 주둥이 같은 봉우리가 하늘로 치솟아 있다. 아래로 시커먼
구름 떼가 폭포처럼 쏟아졌다. 그 사이로 주변 산들이 몰려들었다
흩어졌다 하는 모습이 으흥 거리며 질주하는 군마들 같았다. 삼거
리를 지나 주치봉 조금 못 가 은치재 서낭당에서 밤을 보냈다. 능
선이었지만 물이 질퍽거렸다. 물 위에 비닐을 펴고 눈을 붙였다.
장성봉에서 악휘봉까지의 능선길은 참으로 길었다. 밤새 폭우가
쏟아졌다. 후라이자락을 구멍이라도 뚫어놓고야 말겠다는 듯 세
찼다. 바로 그 비바람이 태풍 '챠타안(chataan · 비)'이었음을 종
주 후에야 알았다.

[019:2002.7.5] 버리미기재 장성봉 악휘봉 은치재

구왕봉 생나뭇가지 부러진 자리

은치재 서낭당 아래
폭우 속에서 하룻밤 지나고 난 다음
곧바로 올라 친 구왕봉

봉우리가 깨끗하다. 밤사이
누가 이 산정을 빗자루로 쓸어놓은 모양이다.
생나뭇가지 부러진 자리가 맑다.
맑은 피가 돌고 있다.

'갓난아기 머릿결은 봄버들 빛결 같아.
매화 향기에 엎힌 달빛 찰랑거리고
만 산 일천 강에 떠오르는 네 눈동자'

어린 봉우리 셋을 데리고 사는
구왕봉 일가
내가 훼방을 놓았나

희양산 왼쪽 귀때기와 호랑거미

이 암벽이 허공 무한계를 채웠구나
폭풍우 속에 몸을 들여놓는다.
탈인불탈경! 순간 나는 상처투성이
호랑거미가 되어 걸려있다.

나무뿌리와 날카로운 바위 모서리에
두 손 두 발을 걸어놓고 그래 어찌할 것인가
암벽을 끌어당겨 높이를 낮출 것인가
몸뚱어리를 밀어 올려 봉정에 들 것인가

봉암사가 저 어디쯤이겠으나, 없다.
먹빛 안개 떼만 소용돌이칠 뿐이다.

바위로 뒤덮인 희양산 왼쪽 귀때기
어, 내 이 물건도 없네. 마음장상인가.
백두대간을 함부로 말하지 말라

* 산경 ‖ 39 · 奪人不奪境: 임제 『臨濟錄』 「示衆」 편에 나옴. 사람을 빼앗고 경계(세상)를 그대로 둔다? 이 구절이 왜 그 암벽을 오를 때 갑자기 떠올랐는지 모를 일이었다. 희양산(998m)은 봉황 형국의 바위산이다. 시문이 절묘하여, 한 시대에 우뚝했다는 조선 인조 때 선비 택당 이식의 『택당선생속집』 제1권 청송시편에 '희양산 방장산 원기가 뒤섞이고/ 신라와 가락국 옛풍속 순유한 곳(曦陽方丈混元氣 駕洛新羅古淳俗)'이라고 해 옛 이곳의 정취를 엿보게 한다. 희양산 품에 鳳巖寺가 안겨 있다. 봉암사는 1947년부터 1950년 초까지 불교 정풍의 기치를 높이 들었던 '봉암사 결사'로 잘 알려져 있다. 성철 청담 향곡 자운 월산 혜암 법전 등 이 땅의 대표적 선승들이 앞장섰었다. 괴색 '고려 보조장삼'도 이때부터 입기 시작했다. 신라 최치원이 쓴 '四山碑銘' 중 하나인 '智證大師寂照塔碑銘' 또한 경내에 있다 하나 지나친다. 수행 중이니 접근하지 말라는 푯말이 장승처럼 골짜기 여기저기를 지킨다. 이 길도 산철 용맹정진이다. 나 산시 화두 하나 둘러메고 놓칠까 봐 안절부절하며 백두대간을 간다.
* 산경 ‖ 40 · 馬陰藏相: 번데기처럼 쪼그라들었다네. 그만 내 양물은 그렇게 되어 버렸다네. 산을 너무 쫓아다녀 그래졌나 보네.

117

이만봉 구름 파동

괄호 안의 물음표 같은 내 생아
나 꼼짝할 수 없구나
이만봉 이만 송이 구름 봉우리들이
나를 붙들고 놓아주지 않네.

이 무자유의 통쾌함이여
나 오늘은 다만 이대로여도 좋으리
구름 봉우리들이 나를 짓밟아도
산의 폭력에 굴복해도

폭력에 휘둘려도 기쁨인 것을

백화산 따끈한 밥 한술

오 먹을 것을 다오.
가물가물 내가 나를 떠나고 있구나
밥 한술, 밥을 다오.
지금 내가 바라는 것은 오직 밥
밥이 무상진리다.

오늘이 백두대간 스무날째
내 거렁뱅이 가죽자루가 마침내 텅텅 비어버렸다.

밥 한술을 다오.
이 백화산에 올라 나는 기진맥진하고
저 죽음의 일진광풍이 몰아치는구나
오 나를 구할 이는 밥,
밥 한술이다.

나는 결국
밥이나 파먹는 밥벌레

* 산경 ‖ 41 · 백화산(1,064m): 문경시와 괴산군에 걸쳐 있는 산. 나는 속이 텅텅 비었다. 먹을 것이라고는 아무것도 없었다. 굶주렸고 극한상황에 부닥쳤다. 몸이 말을 듣지 않았다. 절로 신음이 새어 나왔다. 시들시들 시들어 가는 내 생명의 풀잎사귀. 생명의 불꽃은 먹어야 타오른다. 밥 한술이 몸을 파릇파릇 살아 움직이게 한다. 밥 한술이 나를 걷게 하고 등짐을 짊어지게 한다. 그걸 왜 나는 지금에야 깨닫는가. 그러나 이 산마루에서 양식이 떨어졌다. 밥이 없다. 산벗 김영기가 배낭을 뒤져 고추장 꼭 두 숟갈을 넣고 물을 끓였다. 장이 풀어졌다. 진달래빛 장국. 나는 이 장국을 시에라컵에 하나 가득 담아 마셨다. 또 한 컵 마셨다. 서서히 눈이 밝아지고 질렸던 몸에 기운이 텄다. 고추장. 고추의 이 기운! 고추장은 장거리 산행의 필수 준비품이다. 우리는 산벗 최종대가 직접 만들어 온 오색전통장을 별식처럼 아껴두고 먹곤 했었다. 백두대간 종주 중 반찬은 이 장이 유일했고 가장 값졌다. 죽을 뻔한 내 백화산 능선길도 이 장이 되살렸다. 장, 장經. 밥經.

황학산 청성자진한잎

황학산은 백화산 아내 같은 산
아이가 암소를 타고 퉁소를 불고 있다.
나뭇잎들이 청성자진한잎 소리판을 틀고
나는 부리나케 이화령을 향해 달린다.
봉우리 능선 풀밭이 순해 가던 길 멈추고
사초풀 방석에 그만 벌렁 드러누운 나,
'황금나비가 불 속으로 날아가네.'

잎사귀소리판 소리가 높아진다.

* 산경 ‖ 42 · 이화령(548m): 추풍령과 죽령 사이의 큰 고개. 문경과
괴산을 넘나든다. 옛날에는 火嶺 또는 이우릿재라고 하였으나
1925년 신작로가 개통되면서 이화령이라 부르기 시작했다. 터널
이 뚫려 고갯길은 한적하나 백두대간의 중요 길목이다. 충북과 경
북의 도계이기도 하다. 이 고갯길에서 잠시 몸을 돌보니 시커먼
진흙 범벅이 된 내 꼴이 말이 아니다. 먹을 것과 잠자리를 알아보
러 휴게소에 들렸는데, 가게를 지키던 이가 거지꼴이 다 된 내 몰
골을 보고 어서 나가라 해 말없이 돌아섰다. 틀림없이 나는 거
지다. 거지인가? 거지 거지 거지! 거지야말로 자유인이다. 그러고
보니 참으로 힘들고 힘든 날이었다. 특히 희양산 왼쪽 귀때기 300
여 미터 직벽을 타고 오를 때에는 등골이 오싹거렸다. 쏟아지는

121

빗물줄기를 온몸으로 맞으며 바위 짜가리에 손날을 집어넣고 나무뿌리를 휘어잡고 한 발 한 발 오르면서 나는 목숨을 걸었었다. 화두를 깨치려는 선객의 백척간두 진일보가 그렇다던가. 하지만 내 화두 '시'는 늘 제자리였고 오리무중이었다. 먹구름 한 귀퉁이에 처박힌 채였다. 시루봉 오른쪽 배너미평전에 젊은 산악인의 비목이 꽂혀 있어 안쓰러웠다. 젊은 비목. 오늘 잠자리는 이화령이다.

[020:2002.7.6] 은치재 주치봉 구왕봉 지름티재 희양산 이만봉 곰틀봉 사다리재 평전치 백화산 황학산 조봉 이화령

제 7 부

산객이 다시 물었다

조령산은 오르기 만만한 산

문경 조령산에 올라 보라
한 물음이 풀리리라

오르기 만만한 산
어린아이라도 아장아장 걸으며
숨바꼭질 두어 번 하고 나면
곧바로 정상에 이르리
하지만 봉우리는 오똑 높아
천지의 산이 모두 그쪽으로 기울어있다네.
입이 딱 벌어지는
북향 암괴덩어리 마저도

더 큰 답을 얻으려거든
괴산 신선암으로 가라, 어쩌면
시의 간두가 낚아채이리

마패봉 오색딱따구리

홀연히 천지를 두들기는
요란한 나무통 소리

잠머리가 환하다.

소리는 서녘 산비탈에서 들려왔다.
새대가리가 고목이 다 된 갈참나무 둥치를
사정없이 쳐대었던 것,
아 저 무쇠망치 새대가리여

휠 휠휠휠, 새는 나뭇가지를 비켜 날며 오색깃을 치고
날갯짓 따라 무지개 금부채가 선다.
형상과 무형상이 무차로 일었다 쓸린다.

백수영약 조령약수 마시고 잔 날 새벽
마패봉 옛 성터
동트는 순간이었다.

* 산경 ‖ 43 · 마패봉(927m): 마폐봉, 마역봉이라고도 한다. 종일 산
성을 따라 오르락내리락하다가 조령 제3관문에 이르러 날이 저물
었다. 야간산행으로 마패봉에 올랐다. 내림길의 옛 성터 북암문
옆 돌바닥에 잠자리를 마련했다. 조령은 문경 새재. 조령관이 고

갯마루에 있다. 조령관은 조선 초 적을 막기 위하여 축조한 것으로 숙종 34년(1708년)에 중창하였다. 영남에서 한양으로 오르내리는 중요 통로였다. 임진왜란 당시 삼도순변사 신립 장군이 왜장 고니시 유키나가(小西行長)와의 싸움에서 작전 실패로 패한 아픔이 서린 곳이기도 하다. 『조선왕조실록』 선조 임진(선조25년, 1592년 4월 17일)조는 이때의 정황을 다음과 같이 생생하게 기록하고 있다. '신립이 충주에 이르렀을 때 여러 장수들은 모두 새재(鳥嶺)의 험준함을 이용하여 적의 진격을 막자고 하였으나 립(砬)은 따르지 않고 들판에서 싸우려고 하였다. 27일 단월역(丹月驛) 앞에 진을 쳤는데 군졸 가운데 "적이 벌써 충주로 들어왔다."고 하는 자가 있어 신립은 군사들이 놀랄까 염려하여 즉시 그 군졸을 목 베어 엄한 군령을 보였다. 적이 복병으로 아군의 후방을 포위하였으므로 아군은 그만 대패하고 말았다. 립은 포위를 뚫고 달천 월탄에 이르러 부하를 불러서는 "전하를 뵈올 면목이 없다."고 하고 빠져 죽었다. 그의 종사관 김여물과 박안민도 함께 빠져 죽었다.' 아픔을 아는지 모르는지 마루에는 샘물(조령샘물)이 힘차게 솟고 그 옆에 산신각이 서 있다. 산신각을 건너서면 조령관, 조령관 성벽을 따라가면 백두대간 마패봉길로 연결된다. 조령을 중심으로 한 백두대간 산줄기에는 삼국시대의 옛 성이 많아 신라 백제 고구려 세력의 날카로운 대치국면을 유추할 수 있다. 여기저기 흩어진 성돌에서 젊은 병사들의 창검 소리가 들리는 듯하다. 마침 산신각에서 산신제례를 치뤄 기다렸다가 참외와 포도를 얻어 맛있게 먹었다. 샘물은 시원하고 달았다. 신선암 암대가 좋아 바위 베개하고 한참을 놀았다. 빗물이 들어가 질퍽대는 등산화(고어텍스도 빗물이 스몄다.)를 나뭇가지에 걸어 말렸다.

[021:2002.7.7] 이화령 조령산 신선암 치마바위 조령제3관문 마패봉 북암문

탄항산 월항삼봉을 백학이듯 너울너울

탄항산 능선길은
아침 산책길
백학처럼 너울너울 날아서 간다.

산성을 지나 평천재를 지나
관목 터널 낙엽 융단길
산바람 좋아라

한쪽 날갯죽지에 주흘산을 끼고
한쪽 날갯죽지에 미륵사를 끼니
월악산이 성큼 내 눈시울에 와 젖고
나뭇잎 풍경소리 맑다.

이대로 마골산까지 가랴
하늘재까지 가랴

* 산경 ‖ 44 · 하늘재(525m): 조령산 마패봉 부봉 월항삼봉을 잇는 백두대간은 그 산세가 수려하다. 이화령에서 하루 반을 걸어 하늘 재에 닿았는데도 힘든 줄 몰랐다. 산에 팔려 그럴 것이었다. 동으로 주흘산 북으로 월악산까지 음미했으니 더 말해 무엇하랴. 하늘

재는 문경과 충주에 연한 고갯길이다. 신라가 북진을 위해 제8대 왕 아달라이사금(阿達羅已師今) 3년(156년)에 길을 연 후 고려 때까지 사람 왕래가 잦은 큰 고갯길이었다 한다. 신라와 고구려 세력이 충돌했던 전략요충지며 북쪽의 불교문화가 남쪽으로 유입해 들던 통로이기도 했다. 고구려 승 아도도 이 재를 넘어 계림에 이르렀으리라. '금교에 덮인 눈은 얼어 아직 녹지 않았고/ 계림의 봄빛 완연하게는 돌아오지 않았다/ 봄의 신 재주가 많아 영리하니/ 모랑의 집 매화꽃을 먼저 벙글렸다(雪擁金橋凍不開 鷄林春色未全廻 可怜靑帝多才思 先着毛郞宅裏梅)'(『삼국유사』권 제3 「흥법」제3·일연). 지금은 한적해 산새들만 재졸거리며 산나그네를 맞는다. 갑자기 소나기가 쏟아져 조그만 움막으로 들어가 비를 피하며 특이한 점심을 먹었다. 마침 소풍객들이 산놀이 하러 올라와 산악전사 방순미가 김밥과 김치를 얻어왔기 때문이었다. 김치 한쪽이라도 얻어먹는 날은 몸에 파릇파릇 생기가 돈다.

포암산 하늘샘

하늘샘에 발을 담그자
한 산객이 물었다.

백두대간을 보았는가
나는 담갔던 발을 쑥 내밀었다.

산객이 다시 물었다.
산을 보았는가

나는 발바닥을 활짝 제켰다.
우리는 산이 떠나갈 듯 박장대소했다.

산객은 하늘재로 내려갔다.
나는 포암산으로 올라가고

* 산경 ‖ 45 · 포암산(962m): 하늘재에서 바로 올라가면 포암산
이다. 포암산에서 관음재를 지나면 잡목지대, 이곳 잡목 사이 능
선길은 오리무중이다. 길 아닌 길이 끝없이 이어진다. 나는 이 능
선에서 산에 홀렸었다. 괴괴한 소리가 났고 납작납작한 돌들이 내

발자국을 따라 발딱발딱 일어서서 나를 따라 졸졸거렸다. 나는 여기가 산인지 鬼天인지 분간이 안 갔다. 몸에 산이 들어찼었다. 내가 산이 된 듯했다. 아무 생각이 없었으나 몸은 명민했다. 육근이 주변을 향해 활짝 열린 것 같았다. 나는 내가 나인가 아닌가도 잘 생각이 나질 않았다. 역계(魃界)터널을 넘어 한 갈림길에 들어서기까지 소름이 일고 몸서리가 쳐졌다. 나는 무얼 만났던가. 괴꼬리봉으로 틀어지는 어귀 철쭉나무 밑에 자리를 폈다. 몽롱한 밤이었다. 그 밤은 나 혼자였다.

[022:2002.7.8] 북암문 동암문 부봉 평천재 탄항산 하늘재 포암산 관음재

제천 대미산 오미자 잎사귀 향기

대미산 오미자 잎사귀
싸, 향그롭다.
씹으면 입안이 맑아온다.

오미자 덩굴 칭칭 감긴 나무
온몸을 오미자 덩굴에 내어주고도
낯 안 찡그리는 나무

눈물샘 샘물처럼 맑은
청아한 이 힘, 저 산도
싸, 맑으나 맑다.

황장산 안개문 돌쩌귀

새목재 차갓재 작은 차갓재 넘어왔다.
황장아, 나 너를 보러 왔다.
그런데 저 안개문 돌쩌귀는 다 뭐냐
바위벽에 박혀 겹겹 나를 가두어 버렸다.
한 걸음 한 걸음 비오리처럼 고개 빼내 흔들며
겨우 첫 봉우리에 올라서자 이번에는
황장대장군 바위가 불쑥 튀어나와 앞을 가로막는다.
비켜라 이놈 비켜라 이놈 이놈
알아들었는지 말았는지 황장대장군 픽 돌아섰다.
그리고는 안개문 돌쩌귀를 확 부수어버리고
어디서 청옥 하늘경판 하나 들고 나와
허공에다 냅다 팽개쳤다.
그제야 수많은 봉우리들이 대천을 향해
청모시 옷자락 흔들듯 몸을 흔들었다.

* 산경 ‖ 46 · 황장산(1,078m): 鵲城山, 黃腸封山 등의 별칭이 있다.
황장봉산은 황장목이 많아 붙여진 이름이다. 조선 숙종 때 봉산으
로 정해놓고 나라에서 관리를 파견해 보호했다 한다. 황장목은 속
이 샛노랗고 질 좋은 소나무로 왕실 관감으로 쓰였다. 암괴로 이

루어진 봉우리가 주변산과 어울려 압권. 돌아보니 대미산이 초승달처럼 허공에 떠 있다. 이 산에 오르다가 뜻밖에 김성경이 이끄는 동우전문대 산악부를 만났다. 반가웠다. 그들은 엄청난 짐을 졌다. 버거워 낑낑거리는 모습이 안쓰러웠다. 하지만 그들은 젊다. 한창 힘이 솟구칠 나이니 무슨 일인들 못 하랴. 오름길은 가파르고 험하나 정상에서부터는 완만한 능선길이다. 그렇다 해도 급경사로 떨어졌다가 다시 급경사를 치달려야 하는 고비를 몇 번이고 되풀이한다. 고행을 거듭하며 폐백이재를 넘어서자 날은 이미 저물고 단양과 점촌을 넘나드는 975번 지방도로가 나타났다. 벌재인 것이다. 오늘은 이 재에 몸을 눕힌다.

[023:2002.7.9] 관음재 부리기재 대미산 새목재 차갓재 작은 차갓재 황장산 감투봉 황장재 폐백이재 벌재

옥녀봉 옥문 아슬아슬

벌재 명아주 잎사귀 뜯어
명아주 국 끓여 밥 말아 먹었다.

아무도 없는 이 산중에 도대체 누구신가
'깃털 한 잎사귀가 서천을 모두 뒤덮네.'

금강영락경을 읊조리는 이
사방팔방 청아한 목청 내 몸을 맑힌다.
산나무들이 물방울 털어내는 소리
이 나무가 물방울을 털면 저 나무가 털고
골짜기 나무가 털면 능선 나무가 털고

비 멎고 바람 시원한 이런 날은
백두대간 몇백 리를 걸어도 겁 안 나리

문복대 지나 한참 만에 마주친 옥녀봉
하지만 옥문이 없다. 없다. 없다.

아내 보고 싶어라
첫돌 우리 서은이
돌니 같이 산뜻한 옥녀봉

촉대봉 황초 타는 냄새

저두령휴게소 안주인
마음 색깔 너무 고와 나는 그만 두려워서
비호같이 뛰어올랐다, 촉대봉.

촛대인지 촉대인지 촛불은 보이지 않고
말라비틀어진 작대기 하나
끝에 매어 달린 헝겊 조각 깃발

이 산에서는 머리도 마음도 굽혀야 하리
굽힐 대로 굽혀야 하리 만 리 허공을 향해 그저 자꾸 굽
혀야 하리

차르르 황초 타는 소리
촛농 떨어지는 소리
산머리가 유난히 맑은 이런 산에 와서는
그저 둥글게 몸을 구부려야

* 산경 ‖ 47 · 低頭嶺: 일명 저수재. 높이 848m로 다락처럼 높다. 잡
목 무성한 오솔길이었을 시절 오르려면 가파르고 높아 저절로 머
리가 숙여진다 하여 붙여진 이름이라 한다. 머리를 숙인다는 것,
겸손해진다는 것, 아무것도 차린 것 없는 내 몰골을 이 재에 잠시
기대었다. 예천과 단양을 넘나드는 재.

시루봉 팥떡 시루 얼굴

산 얼굴 가지각색이다.
같은 게 하나도 없다.
이 산은 팥떡 시루 같다.
무쇠밥솥에 올라앉은 팥떡 시루
아궁이에 한나절 장작불을 지피면
팥떡 냄새 온 집안에 쫙 퍼지던….
오늘이 백두대간 스무나흘째
찹쌀 팥 시루떡 내음
내 콧날을 울리니 웬일인가
속살 하얀 팥 시루떡
나긋나긋한 산능선에 떡시루처럼
올라앉은 시루봉

흙목 하늘말나리

칠월 흙목에 가면 볼 수 있으리
갓처녀 홍자색 첫입술 같은 그 꽃
꽃잎 여섯에 수술 여섯 그 한가운데는
우아한 여왕 암술

그걸 받들어 올린 열두 장의 이파리 환環
'현빈이다! 현빈이다!'
꽃대를 밀고 밀어 누구를 향해 펼쳐 든 몸짓인가

보름달 뜬 듯 온산을 밝혔다.

위로는 하늘 아래는 땅
그 꽃 보려거든 빼재 지나 곧장 가거라
산 이름 이상한 흙목으로

* 산경∥48 · 흙목(土項): 경북 예천군 상리면의 자연부락. 두성리에
서 백석리로 넘어가는 고개 밑에 있다. 그곳 토박이 권석진에 의
하면 1970년대 후반까지 화전을 일구며 살았던 마을이라 한다.
20호 정도는 됐으나 지금은 모두 헐리고 밤나무 서낭과 '정토마실'

이라는 절 하나가 들어서 있다. 오염원이 전혀 없으므로 아래 '새별' 마을 사람들은 시냇물을 받아 식수로 쓴다. 경북 예천군과 충북 단양군의 경계 싸리재 부근 해발 1,053m의 봉우리에 이르면 '흙목 정상'이라는 나무막대 표지가 있다. 이 봉우리가 바로 흙목, 지도상에 이름이 없다. 예천군지에는 '흘목"헐목'이라고도 적혀 있다.

* 산경‖49 · 玄牝: 암컷. 노자『도덕경』제6장에 나온다. 암컷은 부드럽고 유약하다. 곡신은 유약한 암컷. 암컷은 노자의 핵심 사상인 道다. 道, 곧 현빈은 만물의 어머니다. 죽지 않는다. 죽지 않는 유약한 것에서 창조의 힘을 뽑어낸다. 암술은 천지의 움이다. '谷神不死 是謂玄牝 玄牝之門 是謂天地之根'.

솔봉 오르다가

저기 한 산이 있다. 은산
하늘이 그쪽으로만 문을 열어놓고
다른 곳은 모두 잠갔다.

빛의 맥놀이 현상일까

맥주깡통을 찌글뜨려 생긴 주름 같은
주름 능선 수백 개가 이리저리 흩어지며
사람을 그 속으로 몰아넣는다.

순간 나는
성자의 마지막 숨결소리를 들었다.

산과 나
나와 산

광활한 우주 속의 어떤 힘이
폭포처럼 쏟아지는 저기 저 산
은산, 그 안에 내가 있다.

* 산경 ‖ 50 · 솔봉(1,103m): 오름길이 순하다. 서남쪽 산머리 위에
는 무수한 산능선이 이리 휘어지고 저리 구부려져 형언할 수 없는
미감을 불러일으킨다. 대미산과 황장산은 왼쪽 뒤에 누워있고 보
이는 건 월악산과 그 주변 산들일 것이다. 수많은 산들이 막 지는
햇살 속에서 눈부신 광채를 띠며 꿈틀거렸다. 햇살은 그리로만 쏟
아졌다. 도화경이었다. 나는 산의 그 놀라운 기세에 붙잡혀 한동
안 꼼짝할 수가 없었다. 그런 모습은 생전 처음이었다. 해발 1천m
가 넘는 준령들. 솔봉을 지나자 또 봉우리, 봉우리 두어 개를 더
올랐다가 급히 내려서니 묘적령이었다. 날이 어둡다. 오늘은 저녁
밥이 없다. 묘적령에서 가랑잎 자리 깔고 그냥 눕는다. 아래쪽은
무더울 테지만 산속은 오슬오슬 한기가 돈다. 내게는 하루 한 끼
도 분에 넘친다.

[024:2002.7.10] 벌재 문봉재 옥녀봉 저수재 촉대봉 시루봉 빼재
싸리재 뱀재 솔봉 묘적령

묘적봉 고요 한 줌

공복, 꿩의다리잎사귀에 담긴 이슬알
혀로 구을려 받아먹었다.
땀 없이 오른 묘적봉

이 산 기운
한 줌 고요 잎사귀여

육신은 썩어 흩어진다.
마음은 큰 곳, 거기
대우주로 돌아가리
점지 때 옹근 그대로

걷다 보면 봉우리에 닿고 또 걷다 보면
산그늘에 걸려드는 것을
서어나무가 가지를 들어 흔든다.

고요의 발바닥이 꿈틀한다.

도솔산 도솔천 반가사유 미륵

한 봉우리 한 봉우리 그렇게 몇을 넘었을까
마침내 다다른 곳 도솔봉
도솔봉 도솔천 꽃 물방울 구름
나는 손으로 잠깐씩 붙들었다 도로 놓아준다.

도솔천 미륵아 어디 있느냐, 너 미륵아
오른쪽 검지를 볼에 괸 듯 무상법열에 든 반가사유 미륵,

저 용화보리수 아래 울퉁불퉁 괴이한 얼굴을 하고
능글거리는 바윗덩어리가 너냐
도솔봉 도솔천에 미륵은 안 보이고
어디서 한 떼의 고산 잠자리들 나타나
원융무애를 그린다. 바삭거리는 날갯짓소리

내가 얼른 삼배를 올리고 눈을 감았다 뜨자 내림길
암벽 구멍에서 콸콸 샘이 쏟아진다.
맑고 맑힌 이 청정 법수가 너냐

* 산경 ‖ 51 · 도솔봉(1,315m): 단양과 풍기의 경계에 있다. 깎아지른 암대와 쌓아올린 돌탑이 특이한 매력을 안겨준다. 사방에서 산봉우리와 산줄기가 마치 물결치듯 달려든다.『승정원일기』고종42년(1905년 5월 23일) 일기에는 상의 하문과 이재극의 아룀글을 다음과 같이 적어놓았다. "도솔봉 주산 줄기는 어디서부터 왔으며 곁가지는 몇 곳이나 되던가?" "어디서부터 왔는지는 정확히 모르겠지만 도솔봉의 밑은 평탄한데 '왕' 자 맥을 이루면서 다시 돌출하였다가 단소에 이르러 다시 펑퍼짐해졌습니다."하였다. 상이 이르기를(…)

* 산경 ‖ 52 · 兜率天: 미륵신앙의 천상 정토다. 미륵이 상존한다. 수미산 꼭대기 12만 유순 되는 곳에 있으며 천인이 산다. 수명은 4천 살. 미륵은 석가 열반 후 56억 7천만 년을 지나야 온다는 미래불이다.『彌勒菩薩上生兜率陀天經』

제 8 부

나는 시도둑

소백산 제2연화봉 구름방석

죽령서 배불리 먹었다.
머리에 불 밝히고 포장길로 올라선 연화봉
구름방석 베고 잠들다.

깨어보니 새벽
산향기가 콧속을 간지럽혀 쿵쿵거리는데
저만치 노루오줌 풀꽃이 깔깔거린다.

신기해 내가 꽃타래를 들고 살피자
깨알같이 작은 꽃들
꽃 속의 꽃 알갱이들이
제각각 감로향반을 하나씩 들고 나와 흔들어댄다.

오오라, 이것이었구나
땀범벅 몸뚱어리를 집어던졌던 자리가
연화대좌 꽃방석이었다니!

* 산경 ∥ 53 · 소백산 제2연화봉(1,358m): 천체관측소가 있다. 밤을
   이 봉우리에서 맞았다. 강풍에 얽어놓은 잠자리가 몇 차례 뒤집혔
   으나 잠귀가 쏟아졌다. 엄마 품에 안기듯 산가슴에 안겼다.

* 산경∥54·죽령(696m): 영남은 조령과 죽령 이남이고(『연려실기
술』별집제16권·이긍익), 호남은 전북 익산 미륵사 앞의 황등제
(黃登堤) 남녘이다(「호남과 황등제」·조용헌). 묘적령에서부터 묘
적봉 도솔봉을 거치는 사이 풍기와 단양을 굽어보며 죽령에 오니
오후 3시. 공복으로 묘적봉 도솔봉 삼형제봉을 휘돌았는데도 배가
고픈지 안 고픈지 힘이 든 건지 안 든 건지 통 분별이 안 선다. 집
떠나 산에 든 지 25일 째 이미 몸은 껍데기가 다 돼 있다. 도솔봉
하산 능선에서 도시락을 먹던 한 등산객이 나를 보자 자리를 권
했다. 괜찮다 했으나 도시락 반을 나누어주었다. 햇강낭콩을 넣은
그 밥맛은 실로 꿀맛이었다. 혀뿌리에서 영 떠나지 않았다. 나는
두 손을 모아 절했다. 내려서자 죽령. 중간을 조금 넘은 지점인
데…. 갑자기 눈물이 난다. 참으려 했으나 흘렀다. 주체할 길이 없
었다. 멈추어지지 않았다. 다만 눈물이 날 뿐이었다. 나는 이런 나
를 그냥 내버려두었다. 한바탕 크게 울만 한 곳, 용서다. 아무 원
망이 없다. 고맙다. 내 몸이 고맙고 나를 낳아준 어버이가 고맙다.
이웃이 고맙고 나와 함께 산행하는 산벗들이 고맙다. 날마다 시가
고이는 내 몸통이 고맙고 시의 말이 내리는 내 손가락이 고맙다.
고맙고 고마울 뿐이다. 세상이 고맙다. 이 산하가 아름다워 고
맙다. 눈물은 계속 났다. 내 무의식의 밑바닥에 웅크려있던 온갖
찌꺼기들이 소용돌이를 치며 솟구쳐 오르는 것 같았다. 솟구쳐 눈
물이 되어 쏟아졌다. 눈물, 오 눈물이여! 아픈 별 같은 게 가슴에
내려앉았다가 사라졌다. 눈물. 김흥수 김호수 이현순이 먹을 것
한 짐 짊어지고 왔다. 멀고 먼 길, 이 큰 빚을 어쩌랴.

[025:2002.7.11] 묘적령 묘적봉 도솔봉 삼형제봉 죽령 소백산제2
연화봉

소백산 제1연화봉 백두대간 시도둑

나는 시도둑
백두대간에서 시를 훔쳐 먹은
시도둑이다.

시도둑이다.
시를 훔쳐 먹은
백두대간경을 훔쳐 먹은
시도둑

시도둑놈이다.
봉우리마다 시를 훔쳐 먹은
백두대간 시도둑이다.
이 벅차오름
시의 곡두에
백두대간에 생명을 걸었다.

내 안의
백두대간 안의 시도둑
시 도척아

비로봉에 올라보면 천지가 하나

둘러 둘러보아도 끝이 없어라
수많은 산들이 이리로 쏠려 있고
수많은 고갯마루가 길을 튼다.
백두대간 산계 하나가 불쑥 치솟아 멈추어 서니
산줄기 줄기마다 봉우리가 핀다.
천지에 가득한 봉우리들이
사방팔방 굽이치고 휘달려 거침없어라
산능선은 겹겹 파도처럼 일렁이고
초복 막 지난 볕살은 산이마에 자글거린다.
비로사 선승들은 하안거에 들었겠지
벌레 밟힐까 조마하던 내 발길 생각난다.
능선에 드리운 노사나불괘불탱
소백산 상봉이 문득 일러준다.
산 하나는 경전 한 잎사귀다.

* 산경 ‖ 55 · 소백산(1,440m): 상봉은 비로봉. 충북 단양과 경북 영
풍군의 경계를 지으며 약 60리에 걸쳐 있다. 영주 예천 단양 영월
을 산가슴에 안고 있다. 소백산은 부드럽다. 능선이 부드럽고 봉
우리가 부드럽다. 드러나지 않은 듯하나 올라보면 천지에 홀로 우
뚝하다. 고구려 신라 백제의 전략 요충지였음은 그 때문이었으리
라. 영기 서린 성산. 그래 그런지 아래 대승선원에는 사철 선객들

이 끊이질 않는다. 성철 선사도 이곳에서 3년간 장좌불와 했다 한다. 꾸불거리며 올라가는 죽령길이 구름 위에 접혀 있다. '산은 산, 물은 물이다' 청원유신선사 말을 인용한 그분의 선구가 허공에 서 물결친다. 영남 제일의 희방폭포가 희방사 입구에 있다 하나 발길을 돌린다. 엄마 치맛자락처럼 포근히 감싸 안는 산, 감싸 안 기고 싶은 산이 소백산이다. 퇴계 이황 선생은 가정 기유년(1549 년, 명종 4년) 음력 4월 24일 49세 때 이 산을 올랐다. "석름·자 개·국망 세 봉우리가 서로 떨어져 있는 8, 9 리 사이에 철쭉이 우 거져 한참 난만하게 피어 너울거려 마치 비단 병풍 속을 거니는 것 같기도 하고 축융(祝融: 남방의 화신)의 잔치에 취한 것 같기도 하여 매우 즐거웠다"고 적었다. 병약하여 견여를 타기도 했지만 선생은 산정에서 술 석 잔을 마시고 시 일곱 장을 지었다고 했다.(「유소백산록」,『퇴계선생문집』제41권) 여기 '석름'은 석름봉 (石凜峰)으로 오늘날 소백산 주봉인 비로봉이다. 나는 2007년 11 월 18일 다시 비로봉을 찾았었다. 하지만 겨울 소백산은 황량 했다. 몰아치는 바람은 산정에 서는 걸 거부했다. 순간적으로 카 메라를 얼려 당황스럽게도 했다. 나는 산정에 엎드렸다. 그리고 가혹한 시련을 잘 견디는 산이 고마워 무릎을 꿇어 절했다. 연화 봉 옹달샘 샘물 맛 같은 산 맛.

* 산경 ‖ 56 · 盧舍那佛掛佛幀: 노사나불은 광명불.

국망봉 호랑이 꼬리는 꼬리가 온몸이다

국망봉 바위굴에 몸을 숨기고
망국의 한을 피눈물로 달랬다는
신라 마의태자 혼령인가

혼령같이 하얀 호랑이 꼬리들
'호랑이 꼬리는 꼬리가 꼬리 아니라 온몸이다.'

온몸을 하늘 높이 치켜들고
바람 불거나 안 불거나
한들한들 한들거리는 외로운 한풀이
천 년 한풀이를

칠월 소백산 국망봉에 와 든다.

에이릿에이릿 애잔한 풀벌레 소리
라면에 쪼개 넣은 떡따리버섯

* 산경∥57 · 국망봉(1,421m): 북쪽 능선길은 백두대간 주로로 매우
  아름답다. 걸음을 재촉하자 길은 양털같이 폭신하게 안겨든다. 발
  걸음이 저절로 일어난다. 이런 길은 하루 이백 리도 겹 안 난다.

이 땅의 국토 산길을 걷는 참맛은 바로 이런 데 있다. 능선을 올려치다 보면 봉우리 정상이고 내려서다 보면 노루목에서 다시 올려친다. 산과 산, 그 만악 산봉들이 한 뿌리로 얽혀 있다. 이게 우리나라 땅덩어리다. 여기 산세는 또 왜 이리 기운차고 은근한가. 고치령에는 古峙嶺神靈閣이 있고 북쪽 2분 거리에 사계절 콸콸 솟는 샘이 있다. 물을 보충하고 미내치까지 야간산행. 미내치(831m)에서 짐을 풀었다. 갈참나무 아래서 가랑잎을 모아 깔고 비박했다. 등산화에서 발을 꺼내자 냄새가 진동한다. 그러나 발은 아직 덧나지 않고 깨끗하다. 고맙다, 발아.

[026:2002.7.12] 제2연화봉 비로봉 국망봉 상월봉 늦은맥이고개 마당치 고치령 미내치

갈곶산 등산화 만 근

늦은맥이고개 고치령 미내치 마구령

다시 불러보아도 정겨워라
해발 일천 미터가 넘는 살집 좋은 육산 준령들
계곡 음풍이 매음녀처럼
무시로 내 목덜미를 타고 앉는다.

어라어라 이게 왜 이래
어라어라 이게 왜 이래

나는 그저 말만 되풀이하다가
입이 아파 벌렁 드러누우니 갈곶산,
갑작스레 내 발을 꿴 등산화가 만 근이다.

아무것도 안 신은 맨발, 맨발로 휘적휘적
백두대간길을 넘나들었으면….
투박한 가죽신은 송구하구나

마구 짓밟아 상처 덧난 청산 가슴팍

봉화 선달산 땀 한 동이

단 한 시간도 못돼
땀 한 동이는 쏟았으리
소리를 들었는지

길바닥에 엎드려있던 돌멩이가
발딱 일어나 빤히 쳐다본다.
'이놈아, 의상은 지금 억겁 세월을 사르고 있다.
무량수전을 향해 팔각석등을 받쳐 들고. 너,
너는 고작 백두대간이냐!'

핀잔소리 끝나기 무섭게
돌멩이를 베고 누웠던 나무삭다리가
발딱 일어나 내 장갱이를 올려친다.

울부짖으랴, 선달산에 와 나
헐떡대며 헐떡대며 무량세월을
한 손아귀에 움켜잡다.

* 산경 ‖ 58 · 선달산(1,236m): 봉화군과 영월군 경계를 이룬 산. 미
내치에서 새벽산을 타고 고치령에서 늦은 아침밥을 먹었다. 마구
령을 뒤로하고 두어 시간 오르락내리락하다 보니 갈곶산(966m).
갈곶산을 내려섰다가 산속 깊은 마을 남대리와 연결된 늦은맥이
고개에서 다시 가파르게 올라치니 바로 선달산이다. 갈곶산과 선
달산은 태백산계다. 소백산은 마구령에서 산세를 접는다. 동녘으
로 볼록 솟은 봉우리가 바로 천 년 화엄종찰 부석사를 품에 안은
봉황산이다. 조선 명종 조 청백리 주세붕은 『武陵雜稿』卷三(1564
년)에 실린 시 '浮石寺'에서 '천 년 부석사가/ 학가산에 사뿐 내려
앉았네/ 누대는 구름과 빗소리 위에 있고/ 종소리는 북두성과 견
우성 사이에서 울리네(浮石千年寺 平臨鶴駕山 樓居雲雨上 鐘動斗
牛間)'라고 노래했다. 부석사에는 의상을 향한 선묘의 애절한 연모
설화가 깃들어 있어 죽음의 저쪽 세계가 문득 이쪽 세계로 다가서
기도 한다. 그런데 저 무량세월은 이쪽인가 저쪽인가.

박달령 성황나무 안개 똬리

비 뿌리고 안개 가로막아
옥돌봉 오르지 못하고
박달령 성황 신위께 예를 올린 다음
산신각에서 묵었다.

한밤에 갑자기 오줌이 마려워
소슬꽃살문 한쪽을 열고 나가보니 놀라워라
글쎄 성황나무를 안개란 놈이
이무기로 둔갑해 칭칭
똬리를 틀어 휘감고 있지 않은가
성황나무는 답답해 연신
쉿쉿쉿쉿쉿 쇳소리를 내어 지른다.

순간 내 마음 백척간두가 나가떨어지고
나는 후들후들 떨면서 오줌도 못 누고
풋잠을 깨고 말았다.

오 잘 잤다.
박달령 성황 신위

*산경∥59·朴達嶺: 영월과 영주 봉화를 넘나드는 황토고개. 영월 쪽으로 5분 거리에 샘이 있어 페트병 둘에 물을 채웠다. 고개 북녘 오른쪽에 아담한 박달령 성황당이 있다. 마침 영주 쪽으로 가는 마을 사람들을 만나 밥을 얻어먹었다. 밥을 구걸했다. 참으로 오랜만에 먹어보는 밥다운 밥이었다. 잘 먹으라고 밥을 밥통 채로 안겨준 그 여인은 수월관음보살 아니었을까? 구걸한 그 밥맛이 입속을 환히 맑혔다. 흩뿌리던 빗낱이 물을 뿌리듯 쏟아졌다. 옥돌봉을 오르기로 했으나 발길이 떨어지지 않았다. 서낭신이 잡아끄는 것이었다. 성황당 문 자물통이 풀려 있어 동그란 무쇠문고리를 댕겨보니 촛불이 가물대고 제단에는 '박달령성황 신위'를 모셨다. 그리고 협시천왕 두 분이 왕방울눈을 하고 성황 신위를 좌우에서 보좌하고 있었다. 나는 엎드려 삼배를 올렸다. 오늘 밤을 이곳에 묵게 해주십시오. 종주 27일째 밤은 그렇게 해 박달령 성황신이 지켜보는 가운데 성황당에서 보냈다. 밖에는 밤새 비바람이 몰아쳤지만 당안은 말할 수 없이 안온했다. 박달령 성황신이여 오래오래 거기 계시라. 이튿날 서낭신께 다시 삼배를 올리고 서둘러 옥돌봉으로 향했으나 빗줄기는 점점 더 사나워졌다.

  [027:2002.7.13] 미내치 마구령 갈곶산 늦은맥이 선달산 박달령

제9부

산이 거꾸로 선다

옥돌봉 아기 폭포

옥돌산 옥돌봉을 폭우 속에 올랐다.
밤톨만 한 빗방울이 바위 반석에 떨어져서
박살 나 흩어지고 박살 나 흩어졌다.
나는 고것들에게 마음을 **빼앗겨**
손바닥을 펴 바위 반석에 올려놓았다.
밤톨 빗방울에 맞은 자국이 얼얼했다.
떨어져서는 박살 나 흩어지고
흩어지고 흩어지는 순간
누에나방 알같이 동그란 물방울알로 변한 것
아, 무수한 물알, 물알들
서로 부딪쳤다가 깨어져 다시 모이고
깨어졌다 다시 엉기는 이 장관
어떻게 찾아냈는지 판판한 반석에서
물길까지 찾아내어 실오리 물줄기를 만들고
저희들끼리 해해닥거리며 하계로 뛰어내렸다.
아가 폭포, 실로 그것은 최초의
실오리 폭포였다. 놀라운 환생으로

흑룡 구룡산

후둑후둑 빗낱 떨거든 가지 마라

도래기재에서 스물 넘게 봉우리를 타고
안동 세포 아홉 새 무늬결 물결무늬 바위를
만날 때만 해도 구룡산은 멋스러웠다.
멍석 다섯 닢쯤 펼쳐놓고도 남을 봉우리와
몽글몽글 오르는 뭉게구름은 또 얼마나 살풋하던가
눈동자 하나만 그려 넣으면 막 등천할 것 같은

하지만 아니다. 아니었다.
한순간에 몰아닥친 비바람
떡 벌린 산아가리가 천지를 집어삼킬 듯 무섭더라
풀졸가리가 독사꼬리로 변해 발목을 휘감고
바위쪼가리가 칼날 비늘로 일어서서 날뛰고
꽃들조차 회초리로 변해 윽박질렀다.
'꽃이 무기가 될 수도 있다.'

겁나더라. 곰넘이재까지 사투 서너 시간
구룡산은 성 난 흑룡이었다, 가지 마라

＊ 산경∥60 · 구룡산(1,346m): 옥돌봉과 구룡산은 소백산계와 태백
산계의 하늘금을 한눈에 품어 참으로 눈물 나게 이쁜 곳이다. 하
지만 오늘은 아니다. 비구름 속에 드러났다 감춰졌다 하는 산얼굴
이 을씨년스럽다. 옥돌봉과 구룡산 사이에는 춘양과 영월을 잇는
포장도로 도래기재가 있다. 이곳에서 산인 박영규 형과 산을 좋아
한다는 손옥련을 만났다. 뜻밖이었다. 궁금해 우리를 찾아 나섰다
는 것이다. 수박을 들고 왔다. 우리는 팔각정에서 산이야기로 시
간 가는 줄 몰랐다. 나는 소백산 제2연화봉에서 쓴 시, '백두대간
시도둑'을 음송했다. '나는 시도둑/ 백두대간에서 시를 흠쳐먹은/
시도둑이다.(…)' 오락가락하는 빗줄기가 무슨 상관이랴. 검객은
검객을 만났을 때 검을 보이고 시인은 시인을 만나야 시를 보여
준다 하지 않았던가. 우리의 이야기는 깊어졌고 산도 깊어갔다.
구룡산을 뒤로하고 고직령을 넘어 곰넘이재로 떨어졌다가 진흙
직벽을 밧줄을 잡고 뻣대기를 두어 시간 신선봉에 올라보니 갑작
스레 오똑한 묘 하나가 나타났다. 신선봉과 묘. 다시 밋밋하게 내
려 삼거리에 이르자 차돌배기. 으스스하고 어둡다. 오늘은 이 으
스스한 곳에 몸을 내려놓는다. 사방이 질퍽한 물쿵뎅이다.

[028:2002.7.14] 박달령 옥돌봉 도래기재 구룡산 고직령 곰넘이
재 신선봉 차돌배기

깃대배기봉 돌배나무

차돌배기 고갯마루 물쿠렁에서 자고
'누우면 그 자리가 바로 고대광실'

쉬엄쉬엄 오른 깃대배기봉
몇백 년이나 묵었을까, 돌배나무 한 그루

돌배 녹색 등초롱 주렁주렁 매달고
산창을 밝히는 그 노익장을
휭 한 바퀴 돌고 나서 나는 웃었다.

한 자리에 붙박여 보냈다니, 그 세월을
늙어 껑충한 가시 총총 돌배나무

시가 법이냐, 도락이냐, 도의 정수리냐
일그러진 정신에서 튀어나온 괴물이냐
마음을 비치는 울금향이냐

가시 총총 노거수를 안고 도는 순간
문득 뇌리를 때리는 한 생각

태백산 천제단에서 듣다

천제단 오르는 길섶에는 청련화가 만발

나는 별로 할 말이 없다.
제단에 바람 솔솔하고 여우볕 쨍해
산악여전사 순미와
젖은 옷가지를 돌담장에 걸어 말리고
시 '백두대간 시도둑'을 읊었다.

시도둑 시도둑 나는 백두대간 시도둑이다.

들은 이 산봉우리뿐이었던가
일시무시일석삼극무진본천일일지….
땅과 하늘이 내 손안에 들어와 있다.
일순간에 봉긋 벙그는 손안의 우주

시도둑놈아, 비척대는 이 산도둑놈아

*산경 ‖ 61 · 태백산(1,567m): 천제단이 있다. 한강 낙동강 오십천의
물뿌리가 이 산이다. 천제단은 둘레 27m 폭 8m 높이 3m의 원형
제단과 장군봉의 장군단, 남쪽 하단의 하제단 등 세 개의 단으로

이루어져 있다. 해마다 10월 3일 개천절에는 천제단에서 하늘에 제사하는 개천제례가 열린다. 1996년 1월 21일 시인 이성선 조봉규 정연수 김영하 김찬윤 등 그리고 나는 이 산에 올라 '태백산시낭송회'를 열었었다. 바람은 매찼고 산은 눈에 덮여 천지가 하얬었다. 이성선은 '절정의 노래', 나는 '구름산을 타고'를 낭송했었다. 산은 그대로나, 시의 외침 소리를 받아먹던 벽천은 지금 왜 이리 고요한가. 그해 3월 27일에는 혜성이 나타났었다. 돌담에 기대어 온 길을 돌아보니 백두대간에서 오지 중 오지라는 구룡산과 깃대배기봉으로 이어지는 능선이 동녘을 향해 급히 꺾여 들어온다. (북쪽으로 내달리던 백두대간은 선달산 정상에서부터 동쪽 부소봉으로 활처럼 휘어져 들어온다.) 이 산 한 지맥이 서남쪽으로 틀어져 내려가 9개의 수려한 봉우리로 이루어진 봉화 청량산을 꽃피운다. 그 산 남향 반석 위에 깃든 청량사는 바람방석을 깔고 떠 있는 듯하다. 서편으로는 낙동강이 제법 물살을 불리며 유유히 흐른다. 하늘자락으로는 언뜻언뜻 구름이 친다. 지금까지 내가 본 것은 무엇이었던가. 바위와 나무와 풀이었던가. '나', 나를 뛰어넘는 또 다른 '나'였던가. 내 본성이었던가. 천제단에 제를 올리고 엎드려 여기까지 온 것에 감사했다. 2002년 7월 15일 한낮.

* 산경 ‖ 62 · 일시무시일(…): '一始無始一析三極無盡本天一一地 一二人一三一積十鉅無匱化三天二三地二三人二三大三合六生 七八九運三四成環五七一妙衍滿往滿來用變不動本本心本太陽昻明 人中天地一一終無終一『天符經』(총81자)'. 나는 經을 암송하다.

알몸 주목나무와 알몸 나와 알몸 산

속을 텅텅 비웠구나. 두들겨 보았다.
무량환희장엄에 든 이의 목소리가 들렸다.
옳다, 이 나무

나는 배낭을 바쳤다. 산지팡이 둘을
장갑을 바치고 붉은 손수건을 바쳤다.
등산화를 바쳤다. 양말과 옷가지들을 훌훌
벗어 바쳤다. 백두대간 봉우리에서 훔쳐 먹은 시,
시를 손 모아 바쳤다. 찢어 나뭇가지에 걸었다.
더 바칠 것 없는 나
마침내 알몸이 되었다.

알몸 나무, 알몸 나, 알몸 산

저이들과 나 사이에 난데없이 불어닥친 이 적요여
알몸의 환희여 어쩌다 여기까지 왔는가
주목나무는 죽어서도 천 년 시를 쓴다.
아니, 그 몸이 시다. 산이 시의 뼈다.

* 산경∥63 · 無量歡喜莊嚴界:『대방광불화엄경』「입법계품」에 나온다.
  한량없는 기쁨의 세계. 탐욕과 망념을 쳐부수고 온몸은 淨光이다.

수리봉 참수리

가자
날자
오늘은 이 산
내일은 저 봉우리
능선에 기대 샘물을 마시고
노루목에 기대 바람 한 바가지 퍼먹고
빗방울을 베고 잠든다.
퍼뜩 풋눈 뜨면
허공 깨어 부수는 소리
산과 산이 부딪치는 소리
날자
가자

---

* 산경 ǁ 64 · 수리봉(1,214m): 화방재와 만항재 사이에 있다. 화방
재는 영월 상동과 태백을 넘나드는 고개. 만항재를 지나면 곧바로
함백산 오름길이다. 나는 화방재 어평휴게소에서 된장찌개 백반
을 아주 맛있게 먹었다. 열무김치도 얻어먹었다. 내 생명의 고리
는 밥이 움켜쥐고 있다. 밥은 나를 살렸다 죽였다 한다. 밥은 뜨꺼
지 같은 몸뚱어리에 생명을 넣어준다. 생각난다. 1991년 봄 청옥
산(1,263m) 육백마지기에 올라 나물밥을 먹던 일이. 한치 마을 아
낙들은 '곤드레 타령'을 부르며 산나물을 뜯었다. '한치 뒷산에 곤
드레 딱주기/ 나지미 맛만 같다면/ 병자년 흉년에도 봄 살아나지/
아리랑 아리랑 아라리요/ 아리랑 고개고개로 날 넘겨주게(정선 아
라리)'. 평창 미탄 한치 뒷산 청옥산에는 산나물이 많았다. 그중
곤드레나물을 넣은 '곤드레밥'은 별미였다.

함백산 뇌성벽력

함백산 꼭대기
무한 어둠에 몸을 던졌다.
고한읍은 별떨기밭
사람 그립구나, 산에 든 지 꼭 스무아흐레
함백 나무 아래서

하지만 무시무시한 밤
마른 번개가 하늘을 찢기 시작한 얼마 후
돌연 뇌성벽력
뇌성벽력이 어둠 속 함백산을 내리친다.
산을 부숴버릴 듯

오 불바다 이 태고의 불꽃놀이여
하늘과 땅이 벌리는 한바탕 불꽃잔치여
급기야 뇌성벽력은 내 정수리에서 번쩍댄다.
황홀한 하늘의 폭력
오 절정이여 개벽천지여

뻗침처럼 쏟아 붓는 빗줄기
불작두날의 날춤이여
아찔한 밤 산의 유혹
빗줄기를 따라 활활 불타오르는 나

축제여 야성이여

* 산경 ‖ 65 · 함백산(1,573m): 태백시와 정선군 고한읍에 걸쳐
있다. 차돌배기에서 함백산까지는 참 멀다. 그렇지만 힘들지 않
았다. 발끝에 정신을 모으고 오르락내리락 하다 보면 재요 능선이
요 노루목이요 봉우리였다. 산과 내가 한 몸을 이룬 듯했다. 능선
은 부드러웠다. 만항재 조금 못 미쳐 갑자기 철조망이 나타났다.
군사시설물이었다. 함백산 오름길은 가팔랐다. 능선에서 산토끼
와 마주쳤다. 부소봉을 외돌아 오르는 대간길섶에는 솔채꽃이 만
발해 있었다. 어둠이 몰려들어 떡갈나무 밑에 자리하고 앉았다.
그러나 뇌성벽력과 폭도처럼 밀고 들어오는 빗줄기 앞에서 나는
너무 나약한 한 인간이었다. 산정을 내리치는 시퍼런 불줄기는 두
려운 존재였고, 그로 인해 깊이 잠들었던 내 야성이 두터운 의식
의 각질을 깨뜨리고 날뛰었다. 내 전 생애가 소용돌이치며 한꺼번
에 치솟았다.

[029:2002.7.15] 차돌배기 깃대배기봉 부소봉 태백산 화방재 만
항재 함백산

중함백 나무와불

와불이다. 나무와불
나는 배낭을 내려놓고 잠시 두 손을 모은다.
정암사가 있지, 아래
문수와 자장의 설화가 깃든 곳

나무는 위로 올라가지 않고
옆으로 누워 적멸에 들었다.
문득 인도 아잔타동굴 26번 바위암자가 어른댄다.
그 안에도 와불 있었지
오른쪽 손바닥을 베개 해 받치고
눈빛은 배꼽을 향해 놓였었다.

깨어 이 산 굴참나무 와불로 다시 태어난 걸까
덜 여물어 파릿파릿한 도토리알이 삼매 열매겠다.

나는 마음을 날카롭게 갈아
시의 배꼽을 바짝 움켜잡았다.
'용의 새끼 봉황새가 바위벽을 뚫더라.'

포린이 꼭 붙들고 놓질 않는다.

대덕산 은대봉 꽃궁뎅이

은대봉 오르자 볕살, 볕살 받아
고한 태백이 눈썹처럼 떠 있네.
솔나리꽃이 핑크빛 꽃궁뎅이를 흔들고
젊은 나무들 물방울 터는 소리
산두더지가 땅을 파헤치면
네눈박이하늘소는 꽃자궁을 뒤지네.
숲이 물결을 이루며 흘러가네.

찰찰칠칠이구나, 지금 이 순간
순간순간이 저 꽃탑 삼만리네.

금대봉 강물 두 줄기

여차하면 검룡소로 한강으로
여차하면 낙동강으로
내려앉은 자리 따라
운명이 갈리는 물, 물의 행로여
실바람 하늘거려도 바뀔 것이다. 그 물길
사람살이도 그렇지 않던가
여차하면 개똥밭 시궁창으로
여차하면 별유천지
실바람결 따라 삶도 틀려지더라

천연 용연동굴이 들어앉아 속이 빈 산
그러고도 장강 둘씩이나 낳아 기르는 산
텅텅 비어서 더 큰 너무 커서
실바람 한 파람에게도
팔랑거리는 길을 터주는 건지

비단봉 층층나무 집

비단봉 층층나무
층마다 방 하나씩을 들여 놓았네.
사람들은 다층집을 짓고
층층나무는 나뭇가지를 방사로 뻗어
둥근 나무집을 만드네.
한 층 한 층 층을 올릴 때마다
나무는 자라 고층을 이루고
층층이 집이네.

누가 살리, 층층나무 집에는
먹황새가 물어온 하늘빛이 들어와 살지
팔방이 문인 그 집
찌르레기 발가락이 잘게 움직이는
칸칸 나무 별궁

나무의 현주소는 산

매봉산 거덜 난 산

매봉산이 거덜 났다. 사람이 파먹었다.
파먹어서는 안 될 사람이 파먹어
붉으직직한 알배가 드러나고 청산은 가죽이 벗겨졌다.
바위들이 깨지고 조각나
밟으면 아귀소리를 내어지르며 덤벼든다.
비척대는 산봉우리와 쫓기는 소나무들의 원망소리가
벽공에 메아리친다.

이러고서도 성할 줄 아느냐
팔만 사천억 터럭 구멍으로 숨 쉬는 사람아
사람아 삵인가 사람인가
사람이 별 하나 우주 하나라면
산 하나도 별 하나 우주 하나다.

산 하나를 파괴한다는 것은
우주 하나를 멸하는 일이다.

* 산경‖66·매봉산(1,303m): 천의봉이라고도 한다. 북쪽 능선에
서 작은 피재를 지나 구봉산으로 이어진 산줄기가 낙동정맥의 산
뿌리다. 백병산 백암산 청송 주왕산 사룡산 단석산 취서산은 이
정맥을 이루는 비교적 높은 산이다. 경북 청도군과 울산 울주군,
경남 양산시에 걸쳐있는 가지산(1,240m)과 고현산(1,032m) 간월
산(1,083m) 신불산(1,209m) 영축산(1,081m) 재약산(1,108m) 운

문산(1,183m) 등 1천m 이상 고산군은 낙동정맥이 마지막으로 용틀임하며 솟구쳐 이룬 벽산들로 영남 알프스라 하기도 한다. 이 산 중 영축산은 우리나라 오대 적멸보궁을 간직한 명찰 양산 통도사를 안고 있다. 낙동정맥은 꼬리치레도롱뇽이 사는 무제치늪의 부산 천성산을 거쳐 금정산을 활기차게 밀어 올렸다가 몰운대까지 장장 약 410km를 달려와 그 세를 거둔다. 금정산 범어사에는 이 시대 최고의 강백 무비스님이 사시사철 화엄 살림을 펼치고 있다. 나는 비척대는 몸뚱이를 이끌고 2011년 10월 28일 화강암 덩어리 금정산 고당봉(801m)을 타고 넘어가 무비스님을 친견하고 고려 백운 『직지』에 손을 얹었다. '도의 진체를 깨치려면/ 색성과 언어를 없애지 말라(若欲悟道眞體 莫除色聲言語)·지공화상「대승찬송」십 수 중 제1송 부분'. 정맥 뼈대 하나가 영천에서 서쪽으로 급히 꺾여 포란 분지를 이룬 곳에 대구가 있고 명산 팔공산(1,193m)은 그 북동쪽에 불끈 솟구쳤다. 성철선사는 팔공산 파계사 성전암에서 철조망을 쳐놓고 동구불출하며 1963년 동안거까지 8년 동안 용맹정진해 세상을 놀라게 했다. '황하가 거꾸로 곤륜산 꼭대기로 흘러/ 해와 달은 빛을 잃고 대지가 꺼지는도다/ 문득 한번 웃고 머리를 돌려 서니/ 청산은 변함없이 흰구름 속에 있어라(黃河西流崑崙頂 日月無光大地沈 遽然一笑回首立 靑山依舊白雲中)·성철선사 오도송'. 선사는 그 후 가야산 해인사에서 유명한 100일 법문을 토해내고 중도 돈오돈수가 깨달음의 핵임을 밝힌다. 오른쪽으로는 황지못에서 발원하는 낙동강이 유유히 흐르고 왼쪽으로는 동해와 접해 있다. 영덕 포항 울산과 고도 경주와 금오산(남산)과 석굴암은 바로 낙동정맥의 무지개혈 길지에 둥지를 틀고 앉았다. 매봉산을 내려서면 삼척 피재 삼수령과 만난다. 이곳으로 물방울이 떨어지면 한강과 낙동강과 오십천으로 갈리어 물의 운명이 바뀐다. 매봉산은 헐벗었다. 발가벗겨 산이 아니라 고랭지 채소밭이 돼 있다.

푯대봉 산달

푯대봉 산달
배가 푹 꺼져 두 귀가 무소뿔 같다.
나는 배낭을 괴고 달을 보았다.
무소뿔이 더욱 또렷하다.

유난히 툭 튀어나온 이 봉우리에 달빛이 걸린다.
나무 아래 풀잎들이 가늘게 움직인다.
봉우리에 배낭 달그림자가 생기고 그 곁에
내 그림자
나무 그림자도 어른,

나는 물병을 들어 물 한 모금을 마시고
봉우리에게도 한 모금 올린다.
깊으나 깊은 산 속
산 안의 산

무소뿔달에게도 한 모금 올린다.
고즈넉한 이 파적破寂!

덕항산 새벽 노루 울음소리

새벽 풋잠결을
노루가 깨운다.

꾸꾸흐흐릉 꾸꾸흐흐릉
나를 흔들고
북벽 산을 흔든다.
올무에 짝이 걸렸나
어미가 걸렸나
누가 암내를 풍기나
꾸꾸흐흐릉 꾸꾸흐흐릉

야성의 넘치는
이 생기여

* 산경‖67 · 덕항산(1,071m): 환선굴 산이다. 환선굴은 길이
6.2km, 입구 높이 10m, 폭 14m의 아시아 최대 천연동굴이다. 안
에 폭 100m가 넘는 광장이 있다. 생성 시기는 약 5억 3천만 년 전
으로 추정한다. 곳곳에 희귀한 연꽃 석순이 돋아 눈부시다. 먼 옛
적 촛대바위 근처에 폭포가 있어 가끔 백옥 같은 한 여인이 나타
나 멱을 감곤 하였다. 어느 날 마을 사람들이 쫓아가자 천둥번개

가 치며 산허리에서 바윗덩어리가 쏟아져 굴이 생기고 여인은 굴 속으로 들어가 홀연히 자취를 감추었다. 사람들은 선녀가 환생한 것이라 하여 이 굴을 '幻仙屈'로 이름 짓고 굴 옆 바위 무지 위에 사당을 지어 마을 안녕을 기원하며 제를 올리기 시작했다. 지금은 촛대바위 근처의 폭포는 마르고 굴에서 물이 넘쳐나와 길이 100m 의 선녀폭포가 생겼다. 천연기념물 제178호. 오늘은 해발 1천m 안팎의 봉우리와 재를 어슬렁거렸다. 아무 생각이 일어나지 않는다. 그저 걷는 것이었다. 은대봉 금대봉 사이는 산꽃들이 만발했다. 그러나 매봉산은 달랐다. 개간의 등살에 지친 듯 말 못할 고초를 겪고 있었다. 폿대봉을 지나 덕항산 오름길에서 밤을 보냈다. 종주 30일째 밤. 산짐승들의 발자국 소리가 들렸고 동틀 무렵에는 초막을 들이칠 듯한 날카로운 울부짖음이 있었다. 제 영역을 무단 침입한 틈입자를 경계하는 소리라 생각하니 미안했다. 소리는 등성이를 가로질러 이곳저곳에서 났다. 산새들이 놀라 푸드덕거렸다. 골짜기는 소리로 가득 찼다. 소리에 귀를 모으다가 배낭 챙기는 걸 깜박 잊었다. 들을수록 오싹 거리는 그 소리, 하지만 두려움은 없었다. 이미 나는 내 명줄을 산에 걸었기 때문이었다. 피재(삼수령)에서 옥수수 세 통을 사 먹었다.

[030:2002.7.16] 중함백 은대봉 싸리재 금대봉 비단봉 매봉산 피재 노루메기 새목이 건의령 폿대봉

지각산에서 생각난 밀라래빠

지각산 산굴형 깊고 깊어라
동쪽 절벽은 끝이 없다.

티벳 성자 밀라래빠는 수미산 빙벽에 동굴을 파고
평생 쐐기풀만 뜯어 먹으며 시를 썼다지
벌거벗고 춤추며 시 십만 송이를 피웠다지
네 몸이 너의 사원이라던 밀라래빠
지각산 절벽에 와 왜 생각날까

그릇을 깨뜨리자 또 그릇이 나왔지
쐐기풀 찌꺼기가 덕지덕지 엉겨 붙은 풀 밥그릇

모르겠다. 산이 거꾸로 선다.
은산철벽인가 안개산인가
백두대간 산 절벽 가장 가파른 곳 골라
동굴이나 파고 들어앉아 나도 시나 쓸까
세상과는 아주 결별하고

이슬과 솔잎이면 허기는 면하리

삼척 황장산 요 작고 귀여운 것

황장산은 작고 귀엽다.
하지만 오르는 길 배배꼬여
헛돌기 일쑤다.

이 봉우리인가 하면
저 봉우리가 불쑥
저 봉우리인가 하면
이 능선이 불쑥
도무지 종잡을 수 없다.

더러 백두대간 봉우리를 깔아뭉개기도
더러 백두대간 능선을 파헤치기도 해
몇 차례나 나침반을 들이대고
길을 바로 놓아야 했는지(….)
숭엄한 이 백두대간 길에서
내 뱃가죽은 달라붙고

댓재가 코밑인가 했으나
배배 뒤틀렸다, 에라
무 잎사귀같이 무상한 삶

* 산경∥68 · 황장산(1,059m): 내려서면 댓재다. 댓재(810m)는 삼
척시 미로와 태백시 하장을 경계 짓는 재다. 이곳에서 먹을 것을
지원받았다. 산벗 김영기의 부인 이임순과 방순미의 부군 김근섭
과 아들이 온 것이었다. 나는 외롭고 쓸쓸했다. 집 떠날 때 아무도
찾지 말라 했으나 서운한 감이 없지 않았다. 하지만 그저 길을 갈
뿐이다. 능선이 있고 산봉우리가 있으면 그만인 두타행이다. 飢寒
發道心이라 했던가. 그렇지만 여러 성찬을 준비한 덕에 나는 맛있
게 먹었다. 뜻하지 않게 신세를 졌다. 산벗 최종대의 빙장 어른과
가족들도 먼 이곳까지 왔다. 가족애가 정겨웠다.

제10부

살 향기가 진동한다

두타산 오 어머니

어머니, 오늘은
어머니 저승 드신 지 꼭 십 년
저는 두타산에 와 있어요.
비 잠시 멎은 이 봉우리에서
가랑잎 자리 펴고 절을 올려요.
지금 저는 아무것도 없어요.
무릎과 발목이 아파 절도 겨우 하는 걸요.
떠오르네요, 어머니 마지막 모습
번쩍 눈을 뜨신 후
둘러앉은 식구들을 쭉 살펴보시고
조용히 다시 눈을 감으셨지요.
그리고 긴 숨결
그게 어머니 끝 숨일 줄이야, 그 순간 그러나
세상에는 아무 일 일어나지 않았어요.
앞재에 저녁노을 몇 닢 도란거리고 있었을 뿐
참혹하게 아무 일도
제게 뼈를 주시고 목숨을 주신 오 어머니,
어머니가 주신 그 몸으로 백두대간을 걸어요.
파들파들 뛰노는 이 몸이 너무 놀라워요.
빙그레 한 번 웃어 주어요.
이 생명에 대해
이 몸에 대해, 오 어머니

저는 곧 다시 걸어갈 거예요.

두타 두타 산두타로

---

*산경∥69 · 두타산(1,353m): 동해 쪽으로 뻗어 나간 산줄기가 쉰음산(산정에 바위우물 쉰 개가 있어 붙여진 이름)이다. 자락에 천은사가 있고, 조선 태조 이성계의 5대조 준경묘가 있다. 황장산을 향하는 대간길은 헐벗었다. 산이 산이 아니었다. 채마밭으로 변해 있었다. 여인들이 밭을 맸다. 나는 폭염을 뚫고 걸었다. 고단한 길. 두타산 정상에 몸을 뉘었다. 종주 31일째, 오늘은 어머니 제삿날. 나는 불효를 촛불을 받쳐 들고 시 '두타산 오 어머니'를 쓰며 달랬다. 너무 맑았던 우리 어머니, 어머니는 아들의 백두대간길을 지켜보셨으리라. 외로웠으나 성스러운 길을. '친구들이여 이 세상에 머물 때 두타행을 행하라. 고요한 곳을 찾아 기쁨을 누리며(此等是我子 依止是世界 常行頭陀事 志樂於靜處)·「묘법연화경」「종지용출품」제15 계송 부분'.

[031:2002.7.17] 덕항산 자암재 큰재 황장산 댓재 목통령

청옥산 무상 고요

다홍 이질풀꽃 만발
청옥산 봉우리

무상 고요,
발걸음 떼어놓기가 겁난다.
물방울 깨뜨려질까 봐

나는 흑포도 한 알을
단에 올렸다.

* 산경 ‖ 70 · 청옥산(1,404m): 두타산과 마주해 있다. 비경 무릉계
는 바로 청옥산과 두타산이 만들어 놓은 협곡이다. 삼화사가 협곡
여울 가에 있다. 『제왕운기』(보물418호)를 쓴 이승휴 선생은 외가
가 있는 이곳으로 내려와 불경을 빌리러 자주 삼화사에 걸음 했
었다. '선생은 어려서부터 유학을 전공하였다. 학문에 있어서는 연
구하지 않은 것이 없고 그 성품이 부처를 좋아해 만년에는 섬기기
를 더욱 삼갔다. 이에 별장을 지어 容安堂이라 이름 짓고 거처하
며, 이 산(두타산)에 있는 三和寺에 가서 경문을 빌려다 날마다 읽
어 10년 만에 독파했다(『東文選』 제68권 「頭陀山看藏庵重營記」·
서거정)'. 계곡을 굽어보니 용추폭포와 쌍폭 물소리가 산상에 들릴
듯하다. 하늘문과 신선암, 기하학적으로 절리를 일으킨 바위들이
눈에 선히 떠오른다. 팔 떨어지고 아랫도리 떨어져 나간 삼화사
노사나철불은 이제는 별일 없겠지….

고적대 백련 한 송이

백두 등줄기에 망울진
백련 한 송이
나는 지금 그 망울 우주 안에 들어 있다.
금풍이 꽃잎을 벙글린다.
이 암대에 오르기까지
피가 섞인 땀방울 석 섬 서 말
서 되가 들었다.

산봉우리 꽃망울 안에 주저앉은
이 미련퉁이 나귀야

갈미봉 천도복숭아

어느 누가 주었더라
천도복숭아 한 알

생명의 맑은 울림이여

천도,
살 향기가 진동한다.

상월산 마음속의 달

이구령 지나 상월산
산이 너무 한가하다.
두상이 펑퍼짐하다.
갑자기 내 산걸음이 느긋해진다.
느긋이 앉아 달이나 보라는 것인가
달 대신 비가 뿌린다.
내가 마음속 달을 건져 올리자
마음 반쪽이 달빛에 젖는다.
반쪽은 달빛 그늘
반쪽은 물 그늘
가슴 안을 들여다본다.
앙상한 뼈 가지에 낚시처럼
초승달이 걸려있다.

상월산 고목봉우리

상월산 넘어 고목봉우리 잡목 빽빽하다.
나는 잡목 사타구니에 머리를 디밀었다.
디밀고 디밀다가 마침내 통째로 나를 쑤셔 박았다.
내 해골이 맑게 부스러졌다. 비틀비틀

나는 죽었다. 저 무등등계 무한 절벽으로 곤두박였다.
'이 산중에서 잊혀도 좋으리. 나.'
그 순간 언뜻 뭔가 스쳐 지나갔다.
검은 큰 새였다, 새는 날갯죽지를 펄럭대다가
날카로운 발톱으로 휙 나를 낚아채어
허공을 향해 푸드득거린다. 북명,

진흙 폭력길 4백m 활강 그리고 원방재
이렇게 사라지는구나. 오 나는.

* 산경 ‖ 71 · 상월산(980m): 만만찮은 숲과 억센 길. 비 뿌리다 햇
살 비쳤다가 날씨조차 종일 야단을 쳤다. 망군대에서 고적대를 올
려치는 암릉에서는 땀이 빗방울처럼 쏟아졌다. 고적대 정상에서
점심을 먹으려고 자리를 잡자 갑자기 천지가 열리고 겹겹 구름떼

들이 마치 산 나비들처럼 주위를 맴돌며 조화를 부렸다. 그 사이로 산봉들은 장난꾸러기 악동인 양 고개를 올려 밀었다 집어넣었다 구름목욕을 하고…. 급히 갈미봉에 올랐다가 상월산. 상월산은 잡목들이 들어차 뚫고 나오기에 힘이 부쳤다. 무인지경. 적막하기 이를 데 없는 산속, 갑자기 송연해졌다. 원방재를 향하는 가파른 하산길. 산지팡이가 몇 번씩 구부러졌고 그걸 나무 틈에 끼워 바로 잡으며 나는 무얼 생각했던가. 죽음이었다. 죽음 같은 외로움이었다. 몸뚱이는 오그라들어 펴질 줄 몰랐다.

[032:2002.7.18] 두타산 박달령 청옥산 연칠성령 망군대 고적대 갈미봉 이기령 상월산 원방재.

석병산 녹음 활옷

석병산이 돌병풍 아니라
녹음 활옷을 입고
둥실둥실 춤을 추었네.
비 잠깐 그친 사이 부채 든 화동처럼

하지만 정상에 올라서자 아, 외마디
일순, 내 일곱 차크라를 찢고 방울뱀들이 튕겨 나오는지
불알 아래가 재리재리했네.

'금강산에는 금시조가 산다 한다. 심심해 한 번 날아오
르는 날에는 날갯짓이 만 리를 펄럭대고, 울음소리가 구
산팔해에 메아리친다 한다. 동해에는 해룡이 산다 한다.
여의주를 희롱하며 산다 한다. 이 용 조금만 꿈틀해도
바다가 발칵 뒤집히고 세상이 깜깜 지옥으로 바뀐다
한다. 금시조는 동해용을 잡아먹고 산다 한다.'

그 새 이 산에도 사나
백봉령 골뱅이재 생계령
그 폭풍우를 앞뒤로 걸머메고 와 보니
깊은 절벽 석각은 좌정해 소슬하지만
천지가 요동치는구나

제가 낳은 안개구름에 제가 가두킨 산
그 안에 가두킨 나

두리봉 백설기와 내 아상

씹을수록 고소하다. 백설기
두리봉에 와 꺼내 마저 먹는다.
순수무구한 흰진달래꽃눈 속 살결 빛의
내 아끼고 아껴오던 것
확철대오한 것 같은
백자연적 같은
떡 중의 떡,
칠흑어둠 동무해 삽당령 찾아가는
꼬불꼬불 그 멀고 먼 내리막길을
씹고 씹었다. 너를
씹고 씹었다. 내 아상을. 어,
그런데 그 아상은 어디 있지?

* 산경 ‖ 72 · 두리봉(1,033m): 폭우 속 강행. 백봉령 간이휴게소에
서 비 삐기를 기다리며 아침 겸 점심을 먹었다. 빗줄기는 더욱 거
세어졌다. 빗속을 뚫고 가야 했다. 산이 비에 젖었다. 생계령에서
일행을 기다렸으나 김영기 산벗이 보이지 않았다. 걱정이었다. 폭
우 속에 어찌 되었단 말인가. 한 시간 남짓 기다렸으나 무소식이
었다. 그는 산을 아는 산인이다. 오리라. 벗 최종대가 먼저 가겠노

라는 쪽지를 적어 풀대궁이 끝에 매달아 놓았다. 방순미는 걱정스러운 눈짓을 보냈다. 최종대와 방순미와 나 일행은 셋, 우리는 다시 미끄러운 진흙 산비탈을 올라섰다. 석병산(1,056m)에 이르렀을 때에는 어두워졌다. 바로 그때 김영기가 나타났다. 얼싸안았다. 자병산을 지난 갈림길에서 아차 하는 순간 엉뚱한 길로 접어들어 다시 되짚어온 것이 이렇게 되었다 했다. (자병산은 백리향·솔나리·가는대나물 등 희귀식물의 보고인 석회암산, 다국적 건축자재회사 라파즈 그룹의 석회광산 개발로 하마터면 산 전체가 송두리째 사라질 뻔한 산이다. '산을 살려내려고 날마다 자병산에 와 살았다.〈산꾼 현자 김원기 현장 증언. 2008. 10. 12〉'). 만감이 교차했다. 헤어졌더라면 어쩔 뻔했던가. 그는 우리 백두대간 종주길 도반 중의 상도반이어서 더욱 그러했다. 김영기가 왔다. 빗줄기도 부드러워졌다. 야간산행으로 삽당령에 이르니 밤 11시가 넘었다. 그 밤을 우리는 삽당령에서 났다. 빗속 잠. 모든 생각이 사라졌다.

[033:2008.7.19] 원방재 백봉령 생계령 석병산 두리봉 삽당령.

제11부

높은 산 산새

석두봉 석두가 남기고 간 산딸기

오늘은 말 같은 산을 타고 두타행을 한다.
구름 문, 으뜸 새벽, 바람구멍, 바위대가리,
거울 허공, 삼 골짜기….

두루 어지간히 볼 것 보고 나는 석두 만나러 간다.
있을까 거기, 하지만 없다.
석두봉에 돌대가리 석두 쓸쓸히 없다.

말할 애비도 없고
황벽을 만나 호랑이로 둔갑한 임제도 없다.
빨간 산딸기 서너 알 산그늘에 담겨 있을 뿐
어딜 갔나, 그들

돌방망이로 한 삼십 봉 쯤 얻어맞아도 좋을 날
갈기풀 휘날리는 말등산을 타고
간다, 하늬바람이 날 부르며 시늉을 한다.

화란봉 남근 능선

참 희한도 하다.
화란봉 백두대간 능선은 남근처럼 생겼다.
저것 보게나, 고환이 뭉클하구나

서북으로 쭉 내리뻗은 것이 바람 불 때마다 끄덕끄덕
나는 혼자 흐흐흐 히히히
막 터져 나오는 웃음을 참을 수 없다.
남근 능선 백두대간

닭목령 조금 못 가 우뚝 멈춰선 용두
끝에 봉분이 달랑 물사마귀처럼 달려 있다.
여기 이르러 나는 그만 가가대소하고 말았다.

웃음소리가 너무 커서였을까
풀매미가 울다 말고 천계를 열듯 찍
오줌을 싸고 달아난다.

고루포기산 쇠말뚝

고루포기산에는 목장이 둘
마구잡이로 내리박은 송전탑 쇠말뚝 열두 개
백두대간 산경 한 잎사귀가 그렇게 해
무자비하게 찢어지다.

솔채꽃은 대궁이 허리가 꺾이고
'꺾였을 뿐이지만'
그 바람에 산의 척추가 휘었다.
백두대간 산 한 좌가 망가졌다.

그 바람에 동방 십만 팔천 세계가 허물어진다.
닭목재 천 년 해치가
바위벽을 뚫고 기어 나와 으르렁거리고
그 바람에 내 허리가 꺾인다.

인간이란 탈을 쓴 게 미안스러워
자꾸 헛구역질을 한다.
파괴된 성소는 성소가 아닌 것을
저 쇠말뚝 삭아 흙이 된다면, 그 바람으로

능경봉 노을꼬리

황혼을 받들며 능경봉에 올랐다.
동으로 굽어보니 강릉 오, 강릉
강릉은 내 배꼽을 따서 버린 곳
갓 스물까지 나를 업어 키웠다.
강릉의 흙과 물과 불과 바람과….
초저녁 불빛이 별처럼 핀 저 어디
석길 칠길 내 두 아우가 살고
조부모와 부모님 유택이
이 산줄기 어디에 있을 것이다.
소풍 다니던 경포호가 저기
율곡 생가터 오죽헌은 저기
그분의 기발이승일도설에 취한 적 있었다.
보조개보살좌상을 모신 한송사는 저쯤
강문 바닷가 진또배기가 또 저쯤
사진작가 유제원이 그립다.
퇴임 식장에서 눈물 글썽이던 친구
얼마나 많은 사람들이 흘러갔던가
열아홉 살에 처음 넘은 대관령
갑자기 굿치는 소리 내 귀를 때린다.
백두대간 등마루가 대관령이었다니
꾸불꾸불 꿈길 같은 그 옛길
강릉 오, 강릉. 꼬리 살짝 치뜨리고

산노을은 또 왜 저기 있나

* 산경 ‖ 73 · 능경봉(1,124m): 동녘은 강릉 서녘은 평창이다. 많이
걸었다. 닭목재에서 점심을 먹었다. 고루포기산에서 능경봉까지는
날 듯했다. 산이 잡아끌었다. 능경봉에서 황금노을을 보았다. 오늘
대관령 산베개가 너무 편안하다. 산벗 최종대가 대간길을 접고 집
으로 돌아갔다. 최종대는 화가. 그는 이 땅의 수려한 산세를 화폭
에 담으려고 백두대간 종주길에 올랐었다. 하지만 일이 생겨 후일
합류하기로 하고 떠났다. 멀어져가는 그의 뒷모습이 산봉우리를
닮아 고즈넉했다. 산철용맹정진 34일 동안 한 생각을 버렸으니.
* 산경 ‖ 74 · 氣發理乘一途說: 율곡 철학의 핵심. 이황의 理氣二元
論에 대한 一元論的인 사상이다.
* 산경 ‖ 75 · 대관령(832m): 강릉의 수호신인 범일국사를 모신 국
사성황당이 있다. 범일국사는 강릉 학산 사람으로 탄생 설화가 이
채롭다. 학산 마을에 한 처녀가 살았다. 샘물에 물을 길어 갔는데
해가 담겨 고왔다. 무심결에 물 한 바가지를 떠먹었다. 날이 가고
달이 가자 처녀의 배가 볼록해졌다. 열넉 달이 되자 아기를 낳
았다. 옥동자였다. 겁이나 처녀 엄마는 아기를 뒷동산에 내다 버
렸다. 삼 일이 지나 가 보았더니 놀랍게도 백학이 붉은 열매를
따다 먹이며 아기를 품고 있었다. 죽은 줄 알았던 아기가 살아 있
었던 것이다. 엄마는 아기를 집으로 데려와 몰래 길렀다. 아기는

무럭무럭 자라 출가해 승려가 되었다. 그가 범일(泛日·810-889)이다. 범일은 후에 굴산사를 창건하고 크게 깨쳤다. 그는 열반한 후 대관령 국사성황신으로 다시 태어났다. 강릉사람들은 해마다 음력 4월 보름 서낭제를 지낸다. 강릉 단오는 이 국사성황신과 홍제동 여성황신을 합방시켜 남대천변에 모셔놓고 복을 비는 굿잔치(2005년 11월 25일 유네스코 '인류구전 및 무형유산'으로 선정.)로 지금은 축제로 바뀌어 해마다 음력 오월 단오에 열린다. 학산에는 석천샘물과 학바위, 굴산사 절터와 조형감각이 뛰어난 높이 5.4m의 당간지주가 남아 있다. 교산 허균의 『四溟集序』에는 오대산에서 수도하던 사명당이 허균의 본가로 찾아왔던 순간을 추억해 적었다. '師가 오대산에서 來弔하여 슬피 곡하고 또 輓詩를 지었는데, 그 詞句가 너무 처절하여 아직도 생사의 즈음에서 해탈하지 못한 듯하기에 내심 의아해하기를 〈師의 수도가 아직 上乘의 경지에 이르지 못한 것일까. 어찌 구구히 俗子들의 悲歡을 본받는단 말인가.〉하였다.' 허균이 강릉 출신, 그는 난설헌의 시를 모아 시집으로 묶어 27살에 요절한 동생을 안타까워했다. '푸른 바닷물이 구슬 바다에 잠기고/ 푸른 난새는 알록 난새에 기대었구나/ 부용꽃 스물일곱 송이 늘어져서/ 달빛서리에 떨어져 붉어라(碧海沒瑤海 靑鸞倚彩鸞 芙蓉三九朶 紅墮月霜寒)'(「夢遊廣桑山詩」·허난설헌)

[034:2002.7.20] 삽당령 석두봉 화란봉 닭목재 고루포기산 능경봉 대관령

곤신봉 황소

곤신봉에는 소들이 살고 있다.
음아, 음아, 새봉 선자령에도
내어지르는 소 울음소리가 산을 친다.

목장 경계 쇠줄은 녹슬어 삭아
그걸 타고 넘나들며
어슬렁거리는 황소
송아지들 종종걸음 뒤로
무성한 목초가 풀파도를 일으킨다.

소 발자국 따라가다 보면 소똥
큰 소똥 옆에 동글라 하게 무늬가 뜬
새끼 소똥, 이중섭의 황소뿔

소황병산 샘물

퐁글 퐁글 퐁글
소황병산 오름 길섶 참샘물
나는 얼른 입을 대고
몇 모금 들이마신다.
이 샘이 소금강천 발원지
그렇다면 태평양 물줄기 아니더냐
모래알들이 샘물 춤을 춘다.
물줄기가 설 때마다
태평양에 물너울이 진다.
귀신고래가 삼각꼬리 물탕을 치고
천둥벼락을 몰고 폭풍이 인다.
나는 얼른 엎드려 다시
몇 모금 더 마신다.
비탈을 타고 가던 고란이가
측은히 바라본다.

황병산 노인봉 멧돼지 존자의 울음

푸흐흐흐흥 고함소리
나는 깜짝 놀라 걸음을 멈추었네.
등골이 오싹했네.
갑자기 능선에 나타난 멧돼지 존자
황토 갈색 털이 눈부셨네.
움푹 꺼져 들어가 틀어박힌 두 눈
가늘게 뜬 눈초리와 당당한 체구
삐쭉이 삐져나온 원시 주둥이

나는 그만 몸이 딱 얼어붙고 말았네.
존자여 존자여 나 너를 해할 뜻 없나니
너 나를 해할 뜻 또한 없으리
내가 눈빛을 보내자
으흐흐흐흥 고함 한 번 더 치고
그가 풀숲으로 사라졌네.

줄무늬 새끼 둘을 데리고

오대산 동대 관음 차돌바위

오대산은 봉우리가 다섯
봉우리마다 불보살이 산다네.
그 가운데 하나 동대산을 달밤에 오른다.
진고개에서 저녁밥 지어먹고
랜턴 끄고 반딧불빛 따라

중대에는 적멸보궁 있지
아래 상원사
방한암 선사가 좌탈한 절
그분 '일발록' 선일발禪一鉢은 뭘까?
문득 범종 일타
공후 비천주악도가 불벼락 치듯 펼쳐지고
쨍, 내 마음에 실금이 가네.

오늘 밤은 동대 옷자락 덮고 잠들리
흰돌살 관음 차돌바위 곁

* 산경∥76 · 동대산(1,434m): 오대산 오대 중 동녘 산. 대관령에서
매봉까지는 수백만 평의 초지를 만들어 시원했지만 대간은 죽어가
고 있었다. 소황병산에 이르자 비로소 산다운 산이 펼쳐지기 시작
했고 아름다운 계곡 소금강을 끼고 있는 노인봉은 주변 산능선이
밀고 들어와 푸름을 한껏 부풀렸다. 진고개에서 저녁밥을 지으려
하자 몇 행락객이 주변에 몰려들더니 느닷없이 합장하며 푸른 지

폐를 몇 장씩 내어놓았다. 모두 다섯 장. 벙벙했으나 갑자기 경건한 마음이 들었다. 우리가 그렇게까지 보였다니. 동대산은 야간산행. 달빛이 좋아 랜턴을 껐다. 밤톨만 한 반딧불빛이 나무 밑 여기저기서 반들댔다. 11시 가까워 잠자리를 폈다. 차돌바위 옆이었다.

＊ 산경∥77·方漢巖(1876–1951): 법상 坐脫했다. 선사의 그 일은 일대사건이요 충격이었다. 남북의 피보라가 산천을 물들이던 전쟁 중이었는데도 소문이 퍼졌다. 초등학교 상급학년이던 나에게도 이 소식은 들려와 죽음에 대한 묘한 감정을 갖게 했다. 1977년 겨울 나는 오대산 월정사에서 한 일주일 식객 노릇을 하며 머물렀었다. 혹한 속이었다. 오후가 되면 상원사로 올라가 그분의 거처였던 청량선원을 기웃거렸다. 우물살문에 어른대던 경허와 탄허의 그림자도 얼핏 보았었다. 그분들의 눈길이 머물렀을 그 예쁘기 그지없는 상원사동종을 만나 본 것도 그 때였다. 나는 방금 새끼를 낳아 붙은 암소 젖 같은 종젖을 만지작거려보고 구름방석을 타고 공후와 생황을 연주하는 천녀의 숨소리를 듣기도 하며 망연해하였다. 내가 스물넷 되던 해 가을 에밀레종을 처음 어루만져 보았을 때와는 또 다른 무엇이 나를 스치고 지나갔다. 저녁 종소리를 들을 때에는 맑고 부드러운 그늘의, 어떤 영적 소슬함이 나를 깨어나게 했었다. 『조선왕조실록』 태조조(1398년 8월 17일)에 '天變과 地怪로 오대산 상원사와 금강산 표훈사에서 법석을 베풀었다.'는 기록이 있다. 허목은 『五臺山記』에서 '五臺 在蒼海西百四十里 其北雪嶽 古獩貊之域 山高大深邃(오대산은/ 푸른 동해의 서쪽/ 백사십 리에 있고/ 그 북쪽은 설악이다/ 옛 예맥족의 땅이고/ 산은 높고 매우 깊다)'라 했다. '오대산 상에는 오색구름이 날고/ 시냇물은 흘러 돌바위를 씻는데/ 자질구레한 인간사 굽어보니/ 허둥지둥 수만 겁을 돌아갈 줄 모르는구나(五臺山上五雲飛 慣聽溪流漱石時 俯瞰人寰多少事 奔忙多劫不如歸)'(『梅月堂詩集』·김시습)

[035:2002.7.21] 대관령 새봉 선자령 곤신봉 매봉 소황병산 노인봉 진고개 동대산 차돌바위.

두로봉 높은 산 산새

두로봉 높은 산 산새는 참 작다.

크기가 쪼글거리는
내 엄지손가락 끝마디만 하다.
높은 산에 사느라 몸집을 줄일 대로 줄여선가
곧은 가지 맨 끝에
솔방울처럼 매달려있다.

하지만 소리는 커
한번 울면 돌산 팔만 사천 암벽을
쩌렁쩌렁 울린다.

가릉빈가를 움켜잡고
시의 털구멍을 찾아 헤매는 자
이를 어쩌나, 퉁소처럼 몸통은 비었으나
소리는 없고 다만
눈동자만 말갛게 젖는다.

새소리가 산벽에 메아리칠 때마다
찢어지는 내 등가죽
이 허기의 끝은 어디쯤인가

만월봉 아기부처꽃동산

칠월 만월봉은
아기부처꽃동산
오그려뜨려 아기손바닥만 한 감실을 짓고
그 안에 정좌한 금니부처
작은 벌레들만 참배하라는 듯
문도 오곳한 것이 작다.
아 이런 집도 다 있었구나
세상 저쪽에는

응복산 매봉산 노랑물봉선

응복산 노랑물봉선
갓난아기 발에 끼워 놓은 꽃보선 같다.
들여다보면 노랑나팔관
깊이를 모르겠다.
혀를 넣으니 찌르르 흔들림이 세다.
꽃턱까지 샛노래 노랑물봉선
물길을 알려주는 꽃, 뾰족뾰족 가시
털가시오가피와 더불어 살기도 한다.
양양 응복산 매봉산
동녘 산줄기 아래에는 법수치 마을
꼭 물봉선 같은
돛단배 같은 그 마을에는
폭포도 하나 있다.
법수장자들이 폭포수로 알탕을
하기도 하는 용소, 미역 감다 보면
톡톡 산천어가 친다.

* 산경∥78 · 응복산(1,359m): 육산. 매봉산이라고도 한다. 동쪽으
  로는 양양, 서쪽은 홍천과 연해 있다. 연어의 어머니강 남대천
  (54km)은 이 산에서 발원한다. 산골마을 어성전에 이르면 서남쪽

상류로 강줄기가 가늘어지면서 계곡을 향해 마치 꽃대님 같은 오솔길 하나가 나풀대며 흘러든다. 길을 따라가노라면 끝자락에 법수치라는 마을이 있다. 돛단배처럼 생긴 분지다. 10km 남짓한 무인지경의 길이다. 이곳에는 조그만 산골학교 '법수치분교'가 있었다. 직원은 셋(이성구 이순희 그리고 나)이었다. 4개 학년 재적 12명. 나는 그곳에서 교사로 4년 동안 아이들과 함께 뒹굴었다. (아내와 우리 아이 둘하고도 반 학기를 보냈다.) 1981년 3월 1일부터 1985년 2월 28일까지. 김기호 박명순 김철용 홍성희 탁장일 이현옥 홍성일 장지동(…). 때 묻지 않은 그때의 그 맑디맑은 학동들 얼굴이 떠오른다. 13가구에 주민은 67명이었다. 김중기 김종한 강영상 장재식 홍인호 탁주해 김진목 김대기 김기석(…). 오직 걸어야 했으므로 바깥세계와는 거의 단절된 상태였지만, 마을 사람들은 자유로워 꼭 노자나 장자 같았다. 분교 교문 밖에 양철 오두막이 남향좌로 있었고 그곳은 내 거처이기도 했다. 12월 어느 저물무렵 시인 이성선이 이 오두막에 불쑥 나타나 묵어가기도 했다. 마침 묵은눈이 푸슬거리던 날이었다. 물소리시낭송회를 주관했던 강석태 김종달 김명기도 들려 이삼일 새우잠을 자고 갔다. 내 제자 양금련은 겨울에, 김흥록은 산초잎 돋던 봄에 찾아와 오지 중 오지인 이곳의 맛을 보고 갔다. 밤이면 어둠이 닥쳐오는데, 후일 만났던 히말라야산 협곡의 칠흑 어둠이 그랬다. 나는 그 어둠속에서 유난스레 반짝이는 별들을 보고는 했고, 별들은 내 친구였다. 나는 별 아래서 호롱불을 켜고 앉아 명상시집 『바람속의 작은 집』을 탈고했다. 『반만 울리는 피리』에 수록된 시 또한 대부분 그곳에서 썼다.

마늘봉 토종 생마늘맛

마늘봉 그 알싸한 봉우리
불바라기약수는 어딘가

좀처럼 도달하지 못할 빈 충일함이 있고
좀처럼 맛보지 못할 삼매일미경이 있다.
만만한가 하면 깊이를 헤아릴 길 없고
깊이를 헤아리다 보면 졸렬해 웃음이 절로 터진다.
고갱이를 함부로 드러내지 않으나
코를 땅에 들이대고 마음을 바짝 끌어댕겨 들어가다 보면
실은 속이 텅 비어있다.
'봉우리에는 늘 아무것도 없다. 무다.'
지상인가 하면 천상에서 노닐고
천상인가 하면 지옥 불구덩이에서 활활 탄다.
진부한 듯하다가도 촌철일구가 폐부를 찌르듯
무명적삼에 백발을 휘날리나
팔팔하기 날쌘 취모검객 못지않다.
떡 버텨선 북벽, 저것

어쩌랴, 산은 산이다.
너는 산귀山鬼와
한 판 말씨름을 벌였던가

약수산 여름 표고버섯

비 퍼붓는 약수산을
미끄러지며 내려오다가
버섯 몇 꼭지 땄다.
산벗 김영기는 산눈이 밝아
쓰러진 참나무둥치 뒤도 환히 본다.
진객 여름 표고버섯
볕살 닿으면 순식간에 녹아버릴 것 같은
갓주름이 섬세하다.
건드리자 선이 헝클어지며
새뜻한 향이 돈다.

백두대간이 선물로 내린
여름 표고버섯, 버섯 향
콧맑에 비친 중천

* 산경∥79 · 약수산(1,307m): 서향 협곡에 강한 탄성 약수가 있다.
통마름약수. 언틀먼틀한 개울 바위틈을 비집고 사시사철 맑은 약
수가 솟는다. 하지만 계곡 물이 불으면 약수는 물속으로 숨는다.
종일 찌푸린 날씨. 약수산에 이르렀을 때에는 폭우가 쏟아졌다.

어둑어둑한 비구름 능선을 뚫고 겨우 구룡령에 도착하자 바람까지 몰아쳤다. 산행을 멈추었다. 오늘은 구룡령 휴게소에서 밤을 보낸다. 마음씨 착한 주인은 먹을 것을 한 아름이나 안겨주고 쌀 두어 됫박도 건네준다. 공손히 인사를 올리고 잠을 청하나 뜬눈이다. 양양이 이 아랜데…. 문득 시인 채재순이 떠올랐다. 백두대간 산죽바람소리 같은 그. 이슬 고여 비친 시.

[036:2002.7.22] 차돌바위 두로봉 신배령 만월봉 응복산 마늘봉 약수산 구룡령

제12부

구상나무 밑동에 고삐를 맨다

갈전곡본 모시대꽃

구룡령 지나 갈전곡봉 산죽밭
산죽 틈에 모시대꽃 피었다.
모시발 가는 졸가리꽃대를 밀어 올려
연보라 초롱 화관을 달았다.

한 꽃대에 모두 일곱 송이
꼭대기 두어 송이는 됐다 피우려고 망울만 지웠다.
끝은 다섯 가달로 갈라져 나팔 주둥이처럼 벌어지고
꽃문을 땅으로 향했다.
이 산이 물바다를 이루어도 홍수 들 일 없을 것, 이 꽃
그래 그것이었구나

육칠월 장마철에 꽃초롱 들고 나오는 까닭이

꽃 안은 연보라 수정궁
더 안은 미궁이다.
내 눈은 이쯤에서 멎어야 하리

화관이 무거운 듯
대가 기우뚱한 모시대풀

* 산경∥80 · 모시대: 오시대 뭉아지 시때 등 여러 이름이 있다. 다년생초본으로 7,8월에 꽃이 핀다. 백두대간에는 모시대가 많다. 산마다 꽃 빛깔이 조금씩 차이 진다. 풀과 나무, 새와 짐승들은 이 백두대간을 통로로 해 이동하고 자손을 펼쳤으리라. 백두대간은 실로 그들이 만들어놓은 유구한 삶의 터였고 길이었다. '층층 바위 아래 내 사는 곳에는/ 인적은 없고 새들만 오가는 길/ 뜨락에 그 누가 있는가/ 흰구름 만이 바위를 안고 있구나(重巖我卜居 鳥道絕 人蹟 庭際何所有 白雲抱幽石 · 한산)'

북암령 삼각바위에 밟힌 동해

북암령 울퉁불퉁한 삼각바위
오른쪽 모서리에 밟힌 동해
37일 만에 재회하는 바다. 아롱 눈물.
마음 깊은 어느 골짜기에서인가
뜨거운 것이 울컥한다.

구룡령 갈전곡봉 조침령 거쳐 여기까지
크고 작은 봉우리가 서른 넘다.
올망졸망 연꽃망울 산봉우리
발목을 두 번 접지르고 나서야 북암령
노을을 집어삼키다 말고 동해, 그러나
이건 또 무슨 날벼락인가

산짐승이 먼저 와
으르렁거리고 있었으니

* 산경 ‖ 81 · 북암령: 양양군과 인제군의 경계에 있다. 서향 계곡을
  타고 내려가면 하늘 아래 첫 동네 진동리, 동향 계곡을 타고 내려
  가면 오색리에 이른다. 파놓은 함정에 빠져 있던 고슴도치 한 쌍

을 꺼내주었다. 쇠나드리에서였다. 이 능선에는 크지도 작지도 않은 무명 산봉우리가 서른 개가 넘다. 산봉우리를 넘어서면 또 산봉우리 가도 가도 산봉우리. '조침령'이라는 표지석을 돌아 나서자 봉우리는 좀 더 가팔라지고 표고가 갑자기 올라갔다. 마침내 동해가 나타났다. 그리웠던 동해. 동호리 앞바다. 날이 어두워 자리를 잡았다. 난데없이 벼락 치는 소리가 났다. 멧돼지 소리였다. 잠자리를 금방이라도 들이칠 기세다. 몰래 자기네 영토에 들어왔다고 경고신호를 보내는 것일까. 산생활을 오래 한 김영기 산 벗이 급히 나가더니 황덕불을 놓았다. 펄럭대는 후라이자락 틈으로 불빛이 들어왔다. 나는 불빛에 이끌리어 밖으로 나갔다. 따스하다. 소리는 능선을 따라 멀어졌다 가까워졌다 했다. 산이 갑자기 생기에 가득 찼다. 나도 옴추러 들었던 몸이 퍼들어졌다. 그래 나는 죽기로 한 몸이다. 통째로 여기 있다. 하고 싶은 대로 하려무나. 나무 삭다리에서 불꽃이 튀는 걸 보며 혼자 중얼거렸다. 후일 이 비박 자리를 다시 찾았을 때에는 노란 한계령풀꽃들이 만개해 능선을 덮고 있었다.

[037:2002.7.23] 구룡령 갈전곡봉 쇠나드리 조침령 북암령

점봉산 제주왕나비

이 몸은 이제 백두대간이 들어있는 백초두百草頭다.
이 몸은 이제 찌꺼기가 모두 빠져나간 파도破土다.
이 몸은 이제 수많은 산봉우리가 어려 있는 사초롱이다.
이 몸은 이제 샘물 물살로 씻어낸 성결한 탈바가지다.
이 몸은 이제 뼈에 가죽만 걸친 학경골鶴脛骨 피리다.

그리고 제주왕나비는 날아 점봉산에 와 죽다.

---

* 산경 ‖ 82 · 점봉산(1,425m): 남설악의 상대산으로 육산이나 주변
바위가 압권이다. 수많은 지맥이 깊은 계곡을 만들었고, 비탈은
바위 천지다. 깎아지른 벼랑에는 산양 사향노루 삵 등 희귀 동물
이 산다. 동해 쪽 계곡에는 곳곳에 크고 작은 폭포가 내어 걸려
있다. 약수가 솟는 오색계곡은 계곡수를 한데 모아 동해로 내려
보내고 들머리에 용의 등천 모습을 한 용수폭포가 있다. 용수폭포
를 지나면 주전골로 이어지고, 암벽 자락을 따라가다보면 신선들
의 놀이터였다는 등선대를 만나게 된다. 북녘 아래로 꺾여 드는
나부 바위 잎사귀 안에 여심폭포가 숨어 있다. 음폭이므로 사철
음기가 흥건하다. 내려서면 한계령 등허리다. 이 골짜기를 흘림골
이라 한다. 대지는 '화산과 같이 큰 산을 짊어지고도 무거워하지

않고, 강과 바다를 거두어도 새지 않고(…)(載華嶽而不重 振河海而不洩)·『중용』제26장 부분)'. 1993년 10월 23일 오후 나는 이성선 조정권 최동호 시인, 김화영 평론가와 더불어 이 흘림골을 걸어 보았다. 심마니와 산짐승들만 찾는 무인지경의 골짜기라 은밀 창연했다. 가랑잎은 발목을 가렸고 곳곳이 가파른 바위 절벽이어서 힘에 부쳤다. 조정권 시인은 호흡을 몰아쉬며 가다 서기를 반복했다. 최동호 시인은 의외로 산걸음이 가벼웠다. 선객의 풍모가 비쳤다. 평론가 김화영은 학 걸음걸이로 띄엄띄엄 잘도 걸었다. 등선대(1,002m)에 올라보니 서릿발이 쳐 바스락댔다. 첫눈인지 흰 눈을 뒤집어쓴 주변 봉우리들은 흡사 면사포를 두른 신부같이 성결했다. 작은 점봉산 아래 곰배령은 6,7월이면 천상의 화원이 된다. 이곳에서는 제주왕나비의 화려한 날갯짓도 볼 수 있다. 심심할 때 나는 점봉산 작은 고래골 옥녀폭포를 찾아 하루를 보내곤 하는데 들 때마다 오리무중인 산세에 길을 잃곤 한다. 산에 욕심을 내다보면 꼭 그렇게 된다. 백두대간 종주 전 옥녀폭포 앞에서 출사제를 올리고 이제 떠나도 될 것인가, 하고 물었었다. 오늘도 이 산은 안개를 뿜어내 지척을 분간할 수 없다. 그러나 길은 항상 있다. 안개 또한 길이다.

망대암산 망대암 바위 폭군

망대암은 난폭하다. 폭군이다.
섣불리 다가서는 자를 용납하지 않는다.
북벽 광인 현자다.

하지만 다가서 올라야 한다.
백두대간 하늘금이 그리로 나 있기 때문이다.
지혜 있는 산인은 안다.
그는 없는 길을 본다.

밧줄을 움켜잡고 온몸을 뻗대며
겨우 오른 바위나라 통바위들, 길을 거기서
얻었으나, 고목둥치가 길이었다.

산은 사람 아닌 산이 알 뿐이다.

* 산경 ‖ 83 · 망대암산(1,236m): 남설악의 심장부다. 설악이 연꽃
한 아름을 안고 꿈틀거리며 내려오다 이곳에 와 휙 던져 뿌려놓
았다고나 할까? 동해 쪽으로 바라보면 수많은 바위 군들이 연꽃처
럼 피어올라 눈을 어질린다. 이 산을 내려서면 양양과 인제, 영동

과 영서를 잇는 한계령(1,004m)이다. 다산 정약용의『汕水尋源記』는 한강의 수원지를 찾아 나섰다가 쓴 글로 한계령에 대해 이렇게 적었다.'바윗덩어리에 난 구멍이 입을 딱 벌린 듯 함하하고 산봉우리들이 뾰족뾰족 삐쳐 나와 마치 용이 움켜잡고 호랑이가 후려치듯 누누이 층대를 이룬 곳이 헤아릴 수 없다. 그 수맥은 모두 曲潭과 寒溪가 그 근원이다.'『신증동국여지승람』 인제현 편에도 같은 내용의 글이 있어 이곳의 험준한 산세를 말해주고 있다. 1860년대의 〈대동여지도〉에는 설악산을 동서로 갈라놓고 동은 설악산, 서쪽은 한계산, 북에 금강산, 남녘 오대산이라 표기해 놓았다. 이로 미루어보아 지금의 내설악은 한계산이었음을 알 수 있다. 44번 국도가 구불거리는 한계령, 산벗 최종대와 이곳에서 다시 합류했다. 산을 좋아하는 김광영 이건수 김인수는 대청봉 일출제에 동참하기 위해 제수품을 지고 왔다.

설악산 끝청 음력 열나흘 달

끝청 바위 봉우리에
빙긋 올라앉은
음력 열나흘 달 깨끗하다.
아버지가 마구간 흙벽에 씻어 기대 놓은 삽처럼
맑고 푸른 힘,

나 그 자리에 털썩 몸을 놓다.

왼쪽 아래 봉황루에는 봉정암
그 옆 연화봉천암대에는 적멸보궁
그 위에는 별이 몇
마른 깨끼복숭아처럼 매달려

용아장성 등짝을
내려다보고 있다.

* 산경 ‖ 84 · 끝청(1,604m): 설악 청봉의 서쪽 끝 봉. 참 멀었다. 망
  대암산 그 빌딩 바위벽을 타고 오르다 오른쪽 발목을 다쳤다. 발
  목은 심하게 부었다. 하지만 산행 속도는 더 빨라졌다. 어쩌면 대

청봉 일출을 볼 수도 있을 것이었다. 중청과 청봉 사이 안부에 도착하니 밤 11시 반, 설악 품에 안겨 늦은 잠을 청하나 천지가 너무 고요하다. 만상이 말을 모두 잠갔다. 만해 한용운 선사의 시정신이 요동치는 곳, 선사가 인류에게 바친 시집 『님의 침묵』은 실로 이런 순간에 태어났으리라. 땅만 캐던 우리 아버지는 지천명 조금 넘어 이곳으로 왔다. 1951년 11월, 국군 노역꾼으로 소집돼 온 것이었다. 이틀에 한 차례씩 미제 총탄을 지게에 짊어지고 관터(?)에서 각두능선을 따라 청봉 진지 사이를 왕복했었다. 노역은 이듬해 3월에 끝났다. 설악의 겨울은 얼마나 냉혹하던가. 가친은 그로 인해 눈알이 얼어 평생 눈물을 흘리셨다. (그 시절 나는 마을 인부로 차출돼 운산이나 강동 국도에 나가 군용트럭이 부려놓은 자갈돌을 망치로 두들겨 깨 길바닥 오목한 곳을 찾아 다져넣곤 하였다.) 이런 설악을 나는 산을 좋아한다는 핑계로 배낭을 짊어지고 지금까지 백 번 넘게 올랐다. 온전한 절망법을 배우기도 하고 때로는 환희의 극치를 맛보기도 한 산이 설악이다.

[038:2002.7.24] 북암령 단목령 점봉산 망대암산 한계령 끝청 중청안부

설악산 대청봉의 해와 달

참말이지 희한도 하여라
천기누설인가
설악산 대청봉에서 동시에 해와 달을 맞나니
동쪽 하늘 끝으로는 해
서쪽 하늘 끝으로는 달
해와 달 한 중심에 지금 이 몸이 들어가 있구나
이걸 보여주려고 지난날들을 그렇게 몰아쳤던가
얼른 왼손을 뻗으니 서녘 달덩이가 잡히고
오른손을 뻗으니 방금 치솟는 동녘 햇덩이가 와 파닥이네.
우주가 밀봉했던 비밀봉투 하나를 찢어 보여주려는 건가
해는 구름을 일으켜 해노을로 동천을 덮고
달은 구름을 일으켜 달노을로 서천을 덮네.
그 위로 해와 달이 서로 이마를 부딪치니
하늘이 깜짝 놀라 수줍어하는 소년처럼 얼굴을 붉히네.
이 무한 고요를 어이하리
한바탕 춤을 추어 흔들까
산천만물이 어둠이불을 걷어차는 찰나
음동과 양동의 이 황홀을 나는 그저

무릎 꿇고 눈물로 맞네.

* 산경 ‖ 85 · 설악산(1,708m): 대청봉이 상봉. 설악은 동서남북으로 장대한 능선이 맥을 형성하고 있다. 동으로는 화채능선이 화채봉 칠성봉 죽순봉 노적봉을 거느리며 동해를 향해 굽이쳐 흐르고 서쪽으로는 서북능이 큰감투봉 대승령 옥녀봉 안산을 안고 귀때기청봉이 마치 피라미드처럼 허공에 솟구쳐 남녘 가리봉과 마주해 있다. 능선 하나는 한계령을 향해 곰배낫처럼 휘어들다가 남쪽 망대암산과 점봉산으로 건너뛰고 북으로는 공룡능선이 범봉 나한봉 황철봉을 넘어서 향로봉 금강산 비로봉을 바라보며 백두대간 마루금을 이어간다. 엄동 청봉에 서면 백설을 뒤집어쓴 금강산이 반사경처럼 설악을 향해 비치기도 한다. 이 네 능선은 나무처럼 다시 수많은 가지를 쳐 창공을 향해 머리를 휘두르다가 실로 엄청난 속도로 협곡을 향해 떨어진다. 기다렸다는 듯 크고 작은 폭포가 부지기수로 손바닥을 펼쳐서 이걸 받아 내리며 돌연 부서지니 설악산은 가히 폭포산이라 할만하다. 설악은 비의에 묻힌 산경이다. 섣불리 요달할 수 없다. 설악에 서면 나는 히말라야를 느낀다. 설산 히말라야의 흰 힘덩어리를 천만리 저쪽에서 불뚝 치밀어 올린 게 설악봉우리다. 연잎 같은 산경을 하나씩 넘길 때 그 웅혼하고도 섬세한 도필이라니. 내 백두대간 종주의 길은 실로 설악이 이끌었으리라. 보라! 지금은 사방팔방이 운해로 가득 차올라 발 아래 찰랑이고 동에서는 해가 치솟으며 노을이 불타고 서으로는 음력 보름 새벽 둥근달이 잔광을 흩뿌리며 천지를 희한한 지경으로 만들어 놓고 있다. 우주의 이 손짓은 무엇인가. 음과 양이 대청봉저울대 위에서 수평을 이룬 찰나 우리는 포와 과일과 제주를 놓고 엎드려 3배를 올렸다. 실로 이 순간을 위해 나는 백두대간 두타행을 하고 있었구나. 우주는 절대 순수계다.

가야동 안개산 잎사귀 다섯 잎

이 산중에는 대호 한 마리가 살고 있다네.
스스로는 낙승이라

가끔 관 뚜껑을 열어놓고 죽어 보기도 하고
가끔은 천화대 바위벼랑을 어슬렁거리는,
아닌 게 아니라 괴력을 내어 뿜는 낙승

내가 가야동 샘물가에서 아침쌀을 씻는데
다 씻고 보니 아침쌀을 담은 코펠에는
씻긴 쌀 아니라 쌀 아니라

안개산 잎사귀 다섯 잎이 어른대고 있었네.

천화대 솔개

하늘 구름 호수에 뜬 섬
혹은 낙점,

창호지에 떨군 묵 일획이다.

그리로 급히 날개를 꺾는
솔개 한 쌍

＊ 산경 ‖ 86 · 천화대: 공룡능선 범봉에서 동해 쪽 설악골과 자진바
위골을 끼고 불뚝 솟아 뻗어내려 천불동계곡으로 스머드는 바위
봉우리군이다. 암릉으로 치면 마치 법열에 든 듯 장쾌한 침묵으로
꿈틀거리는 용아장성과 쌍벽을 이룬다 할까. 설악의 여러 비경 가
운데 꽃이라 할 하나로 수백 개의 바위봉우리들이 하늘을 찌를 듯
도열해 바위궁궐을 이룬다. 자일을 타고 오르다 보면 시시각각으
로 변모하는 바위 봉우리에 놀라고 반해, 할 말을 잃고야 만다. 범
송아지 코끼리 여우 자라 곰 산양뿔 다람쥐 오리 강아지 거북 개
구리 달마 불보살…. 실로 기기묘묘한 바위형상들이 까마득한 허
공을 타고 앉아 천고의 신비를 자아내며 무한 세월을 건너다닌다.
어쩌다가 암대를 골라 죽치고 정좌해 보면 대청봉에서 흘러내리

는 화채능선을 배경으로 거대한 바위 밀림들이 서로 귓속말을 주고받는 듯 춤을 추는 듯하다가 눈 깜짝할 사이에 바위 불기둥으로 돌변 천계를 향해 솟구친다. 지금 바위봉우리들은 구름바다에 뛰어들어 머리만 드러내고 구름물탕을 튕기고 있다. 2006년 4월22일 이 능선과 마주한 달마봉 정상 석각에 앉아 박호영 시인과 나는 시와 삶에 대한 이런저런 깊은 이야기들을 나누었다. 내 못난이 시집 『콧구멍 없는 소』에 붙일 '시인과의 만남' 대담 때문이었다. 노랑제비꽃과 솔붓꽃이 드문드문하고 백설에 덮인 대청봉이 촛불처럼 어른거리던 그 날 박시인은 '청아한 빛'을 나는 '맑은 그림자'를 말했다.

공룡능선 무아대 허깨비

옳지 밥이다, 밥
더 무엇을 바라랴. 밥 한 그릇
밥이 너고 너가 나다.

공룡능선 사암괴불 1275봉
철벽 바위 틈서리를 뚫고 들어가
피워 올린 금강초롱꽃,
밥 먹기 전에는 안 보였다.
밥 먹고 나서야 보았다.
그리고 들었다.

칠월 공룡다문천왕이 금강방망이를 들고 나와
금강은종 치는 소리를
소리는 봉우리를 휘돌아들고 후려쳐
설악 수많은 봉우리들을 흔들어 깨웠다.
백두대간 온 산봉 암벽도

밥, 밥의 위력이여
이 몸뚱어리는 밥에 놀아나는 허깨비
밥이 성자다.

도의 저 괴이한 열매도
한 알 밥알 맛

나한봉 오백 나한

저 바위나한들 좀 보아라
저것은 배꼽털달팽이
저것은 갯우렁이
저것은 총알고동
저것은 홍합
저것은 바지락
저것은 요강망태
저것은 코끼리이빨
저것은 말씹조개

우는 듯 웃는 듯 성 난 듯 아우성치는 듯 까무러치는 듯
노려보는 듯 고시랑거리는 듯 무상법열에 든 듯
실로 천태만상이다.

틈에 잠깐 몸뚱어리를 끼워 넣어보는
빈털터리 건달 알거지

저항령 너덜봉우리 공룡

하루 종일 설악산과 노닐다 만난 낙조
저 공룡 잡아타고 장천을 날아볼까

날갯짓 소리에 탱탱하던 빛꽈리가 터져나가고
빼내 흔드는 대가리가 구만리를 뻗친다.
잠시 백두대간 산계가 놀라 뼈들껑거리는 듯
발자국마다 목화송이 구름꽃망울
내설악과 외설악이 삽시간에 호쾌한 운해로 넘실댄다.
표표히 그 위를 날아 몇 차례 날갯짓 더 하니
구름들이 몽글대며 갖가지 형상을 짓는구나
큰 숨 한번 쉬니 날뛰던 산계가 적멸에 들고
또 한 번 쉬니 가던 해가 픽 돌아서서 피를 토한다.
채찍 든 손을 놓고 지상으로 내려서자
놀랍게도 그 자리는 내 적묵당 너덜 안마당
나는 구상나무 밑동에 고삐를 맨다.

그새 배낭에 산향기 넘치게 담아
채워놓은 이 어느 누구신가

내 덜미를 콱 움켜쥐고 놓칠 않는다.

황철봉 내가 입은 상처

왼쪽 팔꿈치의 동전만 한 상처 자국은
돌골격에 부딪쳐 생긴 거라오.
지렁이 기어가듯 정강이를 따라 길게 난 줄은
나무졸가리가 훑고 지나간 자리
오른쪽 발목을 뒤로 젖히지 못하겠네.
폭우 속 망대암산 숫반달곰이 한 짓
저 수인처럼 두 손목에 고인 피멍울은
미역줄나무덩굴이 잡아채 긁힌 자국
웅뎅이 이 상처는 대청봉 가야능선 하산 길
물먹은 바위에 미끄러져 얻은 거라오.
엉치뼈가 부서져 쓰리고 아프다.

황철봉 넓으나 넓은 암반쪼가리 비탈을
산안개가 칭칭 휘감아 돌아 나
길을 잃고 오도 가도 못하네.

* 산경 ‖ 87 · 황철봉(1,381m): 동녘 주릉에 울산바위가 있다. 종일
  설악산에 담겨 있었다. 동해 쪽은 구름바다. 그러나 저녁 무렵 습
  습한 저항령을 지나 암봉을 막 올라서자 천화대에서 떠오르던 구

름 몇 올이 귀때기청봉에 가 걸렸다. 때맞추어 돌연 산더미 같은 구름떼가 공룡능선을 군마처럼 밀고 올라섰다. 구름은 내설악 한 계산 골짜기를 순식간에 채워버렸다. 이어 막 기울기 시작한 해가 구름과 어울려 갖가지 색조를 뿜어내며 일대 장관을 연출했다. 해 와 구름파도. 실로 엄청난 조화 앞에서 나는 눈을 뗄 수 없었다. 길을 재촉해 황철봉을 넘어 너덜지대에 다다르니 하늘은 급변해 산안개 층에 가두키어 오도 가도 못 할 지경, 헤매다가 길을 잃고 야 말았다. 겨우 실오라기 같은 길을 찾았을 때에는 지척을 분간 할 수 없었다. 종주 마지막 밤의 황철봉, 이 밤 내 어찌 잠들랴. 나 는 너무나 작아져 있었고 낮아져 있었다. 나는 그저 숨을 쉬고 있 었다. 숨, 그것만이 내가 나이게 했다. 숨결이 생명이요 생명이 곧 영혼이다. 나는 힘을 모두 써버렸다. 이제 내게 남은 건 아무것도 없다. 쭉정이. 쭉정이의 무한 적정. 이쯤에서 인사를 올려야 하 겠다. 나를 지켜 주었던 모자와 산지팡이 둘, 면장갑 양말 신발 옷 한 벌, 팬티 배낭 고도시계 지도 빨간 손수건 코펠 버너 모두 안 녕. 그리고 샘물아 고맙다. 노랑침랑과 랜턴과 텐트 홑창 자락도 고마웠다. 산벗 김영기 최종대 방순미 도반에게도 엎드려 두 손을 모은다.

[039:2002.7.25] 중청 대청봉 희운각 공룡능선 나한봉 마등령 마 등봉 저항령 황철봉

금강산 신선봉 해골 성좌

이 봉우리에 앉아 무심히 나를 본다.
손톱 밑은 산 때가 끼어 새까맣고
발바닥은 군살이 박혀 쇠가죽이다.
엄지발가락 둘은 감각이 없고
턱수염은 자라 손아귀에 가득 찬다.
육질이 모두 빠져나간 몸뚱어리는
뼈만 툭툭 불거져 나와 있다.
하루에 쏟아 부은 땀이 얼마였던가
앙상한 가슴뼈는 삭다리처럼 튀었고
뱃가죽은 등에 달라붙어 나올 줄 모른다.
등산모를 벗고 머리를 만져본다.
손바닥에 해골만 잡히는구나
숨결은 살아있어 천지를 호흡하지만
나는 해골 덩어리다, 해골 성좌.

금강산 마산봉과 우주의 뿔

마침내 이쯤에 이르러 뒤돌아서자
봉우리가 산봉우리 아니라 뿔로 변했다.
우주의 뿔이었다.
'무주공산에 샘 솟고 저절로 꽃이 핀다.'

산뿔, 나도 뿔
뿔에 뿔을 걸고 길을 멈추었다.
'나는 호흡의 끝을 보았다.'
병창에 뿔을 걸어놓고
눈 뜬 채 잠든 산양처럼

그래 소슬한 외뿔로 굽이치는 거야
외뿔 시다. 시가 북벽 산뿔이다.
'저 뿔탑을 물들이는 향기의 그늘이라.'
대간이 부리나케 북으로 달려든다.

* 산경 ∥ 88 · 마산봉(1,052m): 금강산 남녘 봉우리. 종주 마지막 날
  이다. 걸어 여기 왔고 또 걷는다. 발걸음은 가볍다. 내가 산인가
  산이 나인가. 몸은 자유로웠고 겸손했다. 힘은 거덜 났다. 더 갈
  수 없다. 건넛산이 향로봉이나 내려서면 진부령, 더 못 간다. 이

땅의 백두대간은 남북을 오르내리며 뼈들껑대고 있지만 사람은 사람의 발걸음을 용납하지 않는다. 경이로운 이 국토에 흉물스러운 저 철벽은 무엇인가. 장난감인가. 뜻밖의 한 의인이 출현해 강서 중묘 남벽에 붙은 주작이라도 일깨워 올라타고 백두금강저로 저 암흑철벽을 내리쳐 깨뜨릴 일이다. 금강산 마대산 황초령 룡림 큰곰이 산다는 두류산 백두산…. 북녘 백두대간 산봉들이 손짓해 부른다. 그러나 막혔다. 막혔다! 2006년 8월 18일 나는 백두산 백운봉에 올라 천지를 굽어보며 백두산과 금강산 사이 북녘땅 백두대간과 두류산에서 서수라로 이어지는 장백정간을 떠올렸다. 마음 안에는 이미 그 초록누대 능선이 들어섰다. 그 길도 달포 남짓이면 걸을 수 있으리. 문득 고개를 드니 그동안 나를 스쳐 지나간 수많은 봉우리들이 한꺼번에 몰려든다. 나는 오체투지로 3배를 올렸다. 그리고 나를 보았다. 뼈만 남은 알거지다. 백두대간 두타행을 시작한 지 실로 39박 40일 만인 2002년 7월 26일 오후의 일이었다. 이 땅의 산은 하나다. 국토 하나, 뿔 하나다. 하나의 산뿔은 수많은 산뿔로 수많은 산뿔은 산뿔 하나에 모여있다. 무쇠뿔이 하늘을 향해 불을 토하고 있나니. 저쪽도 사람 이쪽도 사람, 사람, 사람이다. 우주의 어머니시여, 오오! 산하대지는 모든 생명의 집이다.

[040:2002.7.26] 황철봉 미시령 상봉 신선봉 큰새이령 병풍바위 마산봉 진부령

물방울 꽃산

산이 산을 업었다.
작은 산이 큰 산을 업고 큰 산이 작은 산을 업었다.
산이 풀을 업고 나무를 업고 나를 업었다.
산에 업힌 나는 내가 아니다.
휘몰아치는 산이다.
물방울 화엄 꽃산이다.
산 산 산 눈을 감아도 산 눈을 떠도 산
이 절망 같은 황홀을 횃불을 치켜들고 본다.
산은 저기 있고
나는 여기 있다.

별똥별의 섬광 꼬리를 잘라내
외잎 난을 치고 사라지는 백두 허공
아래 북천강에 엎드려 나,
덧난 발을 씻다.

백두 · 한라

백두대간 백두산

월천 소용돌이 은하계에서
천도복숭아 가지가 휘청하자
망울 하나가 터졌다.
또 하나가 터졌다.
또 하나가 터지고 또 하나

이 땅은 그렇게 해 산망울로 가득 찼다.
그 첫 천도복사 꽃망울 백두산,
무릎 꿇고 앉아 천지궁을 들여다보면
화구벽 열여섯 개의 알몸 봉우리가 먼저 솟구친다.
삼천리강산 무량 산봉우리들이 다투어 온다.
구름송이로 와 흩날린다.
히말라야 빙벽 뼈다귀가 불뚝 거리며 비치고
킬리만자로 만년설봉이 하늘거울에 반조했다 거꾸로 서고
금강산 일만 이천 봉이 볼록 핀다.
복숭아꽃망울 꽃그림자가 하느작거린다.
툰드라 바위 틈에서 꼴값하는 원시 두메양귀비
환인과 환웅과 단군이 놀고 신 동국이 놀고
지리산 반달곰과 설악산 산양이 뜀박질한다.
한라산 백록담에 담긴 물은
백두산천지 못물을 구름이 물어다 놓은 것,
둘로 짓 쪼개어진 이것은 무언가

말하라, 백두 천도복숭아 꽃망울아

칠흑 어둠 속 백두산 서파
천지가 꿈틀댄다.
천문봉을 백두를
오색 불광이 휘감는다.

한라산 백록담

식어 몇 떨기 우산이끼가 거머쥔
골동품 같은 용암 덩어리
정신의 희끄무레한 고요,

먹물 암벽을 총알처럼 뚫고 날아오르는
외마디 노루새끼 울음소리

땅껍질을 둘러 엎고 치솟는
검은 붉은 불길과 덮치는 우박

오름 보조개 둥지에 알 까는 팔색조와
해안선을 가늘게 물들이는 파도결

하늘물동이에 내려앉아 잠깐
움찔하는 초승달의 기척,
초록 아가리에 든 손금 위의 산

주름 상처투성이로 산정에서 독락하는
고목 한 그루의 눈초리

그 앞은 어둠 그 밖은 허공이다.

최명길 시인의 연보

1940. 5. 8 강원도 강릉시 입암동 339번지에서 부친 강릉인 최찬경 모친 삼척인 김화자 사이 칠 형제 중 둘째로 출생. 성장기에 조부 돈식의 품속에서 홍루몽 옥루몽 등 고전소설 읽는 소리를 자장가 삼아 잠들곤 했다.

1946. 강릉 성덕국민학교 입학.

1950. 6·25 한국전쟁 발발. 갑자기 바뀐 세상 탓으로 마을 어른들은 좌와 우로 갈리어 갈피를 못 잡고 갈팡질팡 하며 곳집, 땅굴 등에 숨어 지내다. 9월 28일 수복이 되자 일부는 북으로 갔고, 일부는 부역으로 몰려 혹독 한 고초를 당하다. 나는 겁 없이 전쟁을 구경하러 다 니거나 총탄 화약 놀이를 하며 보내다.

1951. 1·4 후퇴. 가친은 가형과 암소 한 마리를 데리고 먼 남쪽으로 피난을 가다. 유엔 전투기가 집을 폭격했으 나 살아남다. 조모는 총탄이 고관절을 뚫었다. 내 바 로 밑 아우는 파편을 일곱 군데나 맞았고 파편 쪼가리 하나는 아직도 팔뚝에 남아있다. 내가 뛰놀던 마을 산 천은 포화에 새까맣게 그을려 초토가 됐다. 나는 너무 많은 총포소리와 통곡소리를 들어야 했고, 너무 일찍 주검의 현장들을 보아버렸다. 나는 그때 이미 죽은 목 숨이었다.

1952. 5학년 학급신문 〈꽃밭〉에 동시 '태극기'가 실림.

1953. 성덕국민학교 졸업. 최초로 영화 '엘레나'를 봄. 강릉 사범병설중학교 입학. 시인 최인희 선생을 멀리서 보다('시인'이라는 이름을 처음 들음). 황금찬 선생 보 결 수업(『삼국유사』「서동설화」)를 경청. 이듬해 중 2 학년 때 마가렛 미첼의 『바람과 함께 사라지다』를 친

구로부터 빌려 보다. 3학년, 시인 원영동 선생이 국어를 가르침. '북청물장수'와 '파초'를 외며 소꼴을 베러 다니다. 휴전선이 그어지면서 툭하면 강릉 비행장으로 나가 철조망을 사이에 두고 중립국 감시단 물러가라며 종일 궐기하다. 때로는 마을 인부로 동원돼 포남동 묘포장에서 잡초를 뽑는 일을 하기도, 강동 운산 등지의 움푹 파여 나간 국도를 찾아 군 트럭이 부려놓은 자갈을 망치로 깨 다져 넣다.

1955. 7. 28(음) 조모 타계.

1956. 강릉사범병설중학교 졸업. 강릉사범학교 입학. 1학년 때 장학금을 받아 『국어사전』을 처음 사다. 국어 교과서에 나오는 명문 명문장에는 어려운 낱말이 왜 그리 많은지 책장은 금방 새빨개졌다. 이후 나는 명문장을 암송했다. '산정무한' '백설부' '면학의 서' 안톤슈낙의 '우리를 슬프게 하는 것들'과 '관동별곡' '유산가' '정과정' '헌화가'를 흥얼거리고 다녔고 '정과정'과 '가시리'는 아직 흥얼거린다. 농가의 초동이었으므로 소를 몰고 다니면서도 이 명문들을 암송했다. 라디오가 없던 시절이라 광석 수신기를 조작해 모깃소리 같은 깽깽이 소리를 듣곤 하였는데, 알고 보니 바흐 베토벤 멘델스존 모차르트 드뷔시 등의 명곡들이었다. 강릉 포교당에서 당시 오대산 상원사에 주처 하던 탄허스님을 대면하고 삼배를 올리다.

1958. 시인 윤명 선생 담임. 문학(시)에 대해 최초로 눈뜨기 시작. 월간 『현대문학』을 처음 대하다.

1959. 강릉사범학교 졸업.

1960. 무작정 머리 깎고 강릉 월대산 대승사를 찾아가다. 얼마 후 주지 최수운 선사로부터 묵주와 『묘법연화경』을 받다.

1961. 3. 31 초등학교 교사로 초임 발령.

1961. 10. 15~1962. 12. 27 군복무(교보 군번 0041485). 중대 사역병으로 나갔다가 우연히 리태극 시비를 발견하다. 시비를 처음 보는 순간이었다. 나는 폭설에 뒤덮인 시비의 설빙을 쓸어내고 한참 동안 어루만졌다. 시비는 화천 파라호를 굽어보고 있었다. 소대에 꽂혀 있던 중편 『불꽃』(선우휘)을 강한 인상으로 읽다.

1963. 3. 31 초등학교 교사로 복직. 수업이 끝나면 별로 할 일이 없어 『세계전후문학전집』을 구입해 읽었고 특히 33인 『한국전후문제시집』을 펼쳤을 때에는 흥이 절로 났다. 고은 구상 김남조 김수영 김종삼 박희진 성찬경 이원섭 등의 시인 이름을 처음 익혔다. 2000년 8월 31일 초등학교 교장으로 퇴임.

1964. 영덕군 〈꽃게〉 동인으로 시인 이장희 아동문학가 김녹촌과 활동. 『현대문학』에 시 몇 편을 투고했으나 감감무소식.

1966. 1. 11 최명길 시화전(시화 '나는 박제된 새' 외 25점 〈그림 장일섭〉. 강릉 청탑다실)을 열다. 이후 허망감이 들어 『세계문학전집』 『현대한국문학전집』 『당시』 등을 숙독하며 시의 싹이 움트기를 기다리다.

1966. 4~1970. 3 고성 〈금강문학동인회〉 동인으로 시인 황기원 최형섭 소설가 전세준과 활동. 동인지 『금강』 창간호를 비롯한 5권 발간. 시집 『청동시대』(박희진)를

심취해 읽다.

1968. 11. 24 조부의 갑작스러운 타계. 임종을 지켜보며 생의 무상함을 깊이 느낌. 이 무렵부터 등산을 시작하다.

1969~1981. 설악문우회 발기인으로 참가. 동인지 《갈뫼》 창간을 도움. 시인 이성선 박명자 이상국 고형렬 이충희 김춘만 소설가 윤홍렬 강호삼과 활동.

1970. 11. 19 김복자와 약혼 후 1972년 10월 31일 전통혼례. 관음선풍이 몰아치는 설악과 문기가 꿈틀거리는 속초가 좋아 고향 강릉 못 가고 설악 자락에 둥지를 틀다.

1971. 2. 2(음) 아들 선범 출생.

1972. 6. 7(양) 딸 수연 출생.

1975. 『현대문학』지에 시 '해역에 서서' '은유의 숲' '음악' '자연서경' 등의 신작시를 발표하며 등단(이원섭 선생 추천).

1978. 첫시집 『화접사』(월간문학) 출간. 12월 2일 설악문우회 동인들이 『화접사』 출판기념회(대한예식장)를 열다. 아동문학가 이원수 시인 이원섭 평론가 김영기 시인 임일진 선생 등이 축하해 주었다. 그 무렵 신흥사 조그만 선방에서 무산 조오현 큰스님을 뵈다. 이듬해 10.26사건으로 삶의 허무감을 깊이 느끼다.

1981. 9. 30 이성선 이상국 고형렬 시인과 〈물소리시낭송회〉를 시작. 나는 암울한 시기를 시로 버텼다. 1999년 6월 19일까지 18년 동안 149회 개최.(2013년 12월 6일 시낭송 재개). 한국방송통신대학 입학.

1984. 시집 『풀피리 하나만으로』(스크린교재사) 출간.

1986. 2. 28 한국방송통신대학 졸업(초등교육 전공). 3월 경희대학교 교육대학원 입학(서정범 박이도 고경식 최동호 교수로부터 사사). 월하 김달진 노옹 뵈다. 『현대문학』 10월호 시 특집 '반달' 외 6편 발표.

1987. 명상시집 『바람속의 작은 집』을 최동호 교수의 도움으로 나남에서 출간하다.

1989. 7. 14~7. 24 문교부해외연수단으로 태국 말레이시아 싱가포르 일본 등 시찰. 8월 30일 경희대학교 교육대학원 졸업(교육학 석사, 논문: '永郞 詩에 나타난 〈마음〉 研究': 원효의 『대승기신론소』를 중심으로 영랑 시의 「마음」을 심층 분석).

1991. 시집 『반만 울리는 피리』(동학사) 출간. 8월 4일 한국불교연구원 입학 후 원장 불연 이기영 선생으로부터 '해운'이라는 법명을 받다. 1997년 금장법사 인증.

1992. 6. 8(음) 모친 타계.

1995. 2. 8~2. 18 인도 엘로라 · 아잔타 석굴, 바라나시와 석가 성도지 부다가야 여행. 시인 황동규 최동호 김정웅 박덕규 고경희 소설가 송하춘 등과 동행. 2월 17일 캘카타 테레사의 집에서 테레사 수녀를 뵈다. 여리고 작은 손이 투박한 내 손안에 들어왔으나, 작은 손은 세계를 감싸 안는 듯 컸다. 1월 26일(음) 부친 타계. 시집 『은자, 물을 건너다』(동학사) 출간. 시 '화접사─꽃과 나비의 노래' KBS 신작가곡으로 발표.(곡 박정선, 노래 신영조). 8월 25일 인간문화재 명창 안숙선과 첫 만남.

1997. 7~1998. 6 시인 이성선과 〈목요문예〉 문학강원개설.

1997년 『시와시학』 가을호 '70년대 시인들' 특집시 '산 낚시' '방뇨' 등 발표.

1998. 8. 28 문학동인 〈풀밭〉 '최명길·이성선 시인의 삶과 문학' 세미나. 이선용 조명진 정선 등이 최명길의 삶과 문학을 분석하다. 11월 15일 아들 선범(회사원) 권미 영과 혼인.

1999. 4. 25 딸 수연 김상철(의사)과 혼인. 7월 8일 강원도 문화상(문학부문) 수상. '풀피리 하나만으로' 예술가곡 으로 발표(곡 임수철 노래 이용찬).

2000. 8. 31 홍조근정훈장 받음.

2002. 6. 17~7. 26(39박 40일간) 산악인 김영기 최종대 방 순미와 백두대간(지리산 천왕봉에서 금강산 마산봉까 지 〈도상거리 684km, 실제거리 약 1,240km〉) 종주 산행. 백두대간 봉우리마다 시 한 편씩 총 141편을 쓰다. 후에 서시 2편과 '백두대간 백두산' '한라산 백록 담'을 추가해 총 145편을 초고. 여기에 산경 88을 더 해 11년여 동안 다듬어 『산시 백두대간』으로 탈고 (2013년). 그중 일부인 '지리산 천왕봉' 외 15편을 『현 대시학』 같은 해 11월호 특집으로 발표하다.

2003. 11. 22~12. 2 아프리카 킬리만자로산 등반 및 탄자니 아 응고롱고로 국립공원 답사.

2004. 4. 8~2006. 4. 6 방순미의 요청으로 시창작실 〈詩禪 一家〉 운영. 격월간 『정신과 표현』 2004년 7/8월호 ~2008년 5/6월호 '산촌명상수필' 연재. '쪽판 외다리' 에서 '쏭화강 은어 도루묵'까지 23편.

2005. 3. 2~3. 17 히말라야 안나푸르나 등반. '히말라야 뿔

무소' 외 12편『현대시학』11월호 '특별기획' 신작소시
집으로 발표.

2006. 3월~12월 신흥사불교대학에서『대방광불화엄경』「입
법계품」강의. 김재홍 교수의 도움으로『콧구멍 없는
소』(시학) 출간. 8월 15일~8월 20일 러시아 자루노비
항과 훈춘을 거쳐 백두산 북문 도착 후 백두산 서파를
종주하다.

2007. 1. 1 새해맞이 축제(속초시 주관) 초청시인으로 참가
시'정해년 첫 새벽에'를 낭송하다.『님』지 산악수필 '국
토의 숨결을 찾아서' 연재.

2010. 8. 28 만해마을에서 기획한〈우리시대 대표작가와의
만남〉만해문학아카데미 초청 문학 강연. 10월 23일
〈詩앗 포럼(좋은 세상)〉'이달의 시인'으로 이영춘 시
인과 참가.

2011. 11월호 월간『우리시』(최명길 시인 집중조명) 신작시
「맑은 금」외 4편. 자선시 '동해와 물 한 방울' 외 9편.
나의 삶, 나의 시 '시가 도다' 시인론 '큰 산, 깊은 골에
핀 꽃 같은'(방순미 시인) 시론 '물까마귀의 노래'(이홍
섭 시인). 자술 연보, 화보 등 발표.

2012.『하늘 불탱』(서정시학) 발간. 8월『만해축전』축시「너
도 님 나도 님 님도 님」발표. 11월 10일 공주문화원
(원장 나태주 시인)이 주관한 권영민 문학 콘서트,
〈방언의 시학〉'사투리와 함께 읽는 팔도 시 이야기'에
구재기 고재종 나기철 정일근 등 시인들과 참가. 12월
1일 시집『하늘 불탱』으로『열린시학』(이지엽)이 주관
한 한국예술상을 받다.『열린시학』겨울호 한국예술상

〈수상자 특집〉 수상소감 '소슬한 정신의 노래' 신작시 '정강이 뼈 피리' 외 1편, 자선대표시 '잎사귀 오도송' 외 9편, 작품론 「詩禪一味」, '禪那'로서의 시에 새겨진 고통의 편린들—최명길 시의 방법론」(이찬), 자술 연보, 화보 등 발표.

2013. 월간 『유심』 12월호 나의 삶 나의 문학 「시의 돌팍길은 미묘하고도 멀어」 발표.

2014. 4. 17 만해학술원(김재홍)이 주관한 만해 · 님 시인상을 수상. 만해학술원 측은 최명길이 한평생 추구한 '견고의 시학, 은둔의 시학은 만해 시학의 근본정신과 접맥돼 있다고' 평가했다. 『님』지에 신작 육필시 '나무 아래 시인' 수상소감 '시는 사유의 향기' 작품론 '일획 섬광의 소슬한 시'(이대의 시인) 등을 발표.

2014. 5. 4 영면. 백두대간으로 돌아가다.

최 명 길

1940년 강원도 강릉에서 출생해 강릉의 물을 먹고 자랐다. 강릉사
범학교와 경희대학교 교육대학원을 졸업했다. 1975년『현대문학』에
시「해역에 서서」「자연서경」「은유의 숲」등을 발표하면서 등단
했다. 시집으로『화접사』『풀피리 하나만으로』『반만 울리는 피리』
『은자, 물을 건너다』『콧구멍 없는 소』『하늘 불탱이』등이 있고, 109
편의 명상시집『바람 속의 작은 집』과 전자영상시선집『투구 모과』
를 펴냈다. 만해 · 님 시인상, 한국예술상, 강원도문화상(문학부문),
홍조근정훈장을 받았다. 산이 좋아 2002년 40일간 백두대간을 종
주하고, 2003년 아프리카 킬리만자로산을, 2005년 히말라야 안나
푸르나를 포행했다. 그 후「산시 백두대간」을 10년 동안 어루만지며
속초에 우거해 살았다. 은자적이고 구도자적인 모습으로 자연과 교
감하며, 극대 · 극묘미의 오묘한 자연의 세계를 통해 깨달음의 씨앗
을 얻었다. 그 씨앗을 시의 그릇에 담아 맑게 틔워 가꾸기 위해 한
생을 바쳐 고뇌하며 탐구하였다. 2014년 5월 4일 향년 75세에 병환
으로 별세하였다.